T0290802

En la otra punta de la Tierra

Editorial Bambú es un sello
de Editorial Casals, SA

© 2006 Éditions Flammarion para el texto
y las ilustraciones
© 2008, Editorial Casals, SA
Tel.: 902 107 007
editorialbambu.com
bambulector.com

Título original: À l'autre bout de la Terre. Le tour du mon-
de de Magellan
Ilustración de la cubierta: François Roca
Traducción: Jesús Ballaz

Créditos fotográficos del Cuaderno Documental:
Página 1: Getty Images/Hulton Archive; página 6: Getty
Images/Hulton Archive, Archivo Iconográfico S.A./Cor-
bis; Página 7: Sotheby's/akg-images; página 12: Staple-
ton Collection/Corbis; pàgina 13: Bettmann/Corbis;
pàgina 14: Getty Images/Hulton Archive; página 15:
The Mariners'Museum/Corbis; página 16: Getty Ima-
ges/Hulton Archive.

Ilustraciones del Cuaderno Documental:
Sylvain Bourrières (páginas 2/3, 4/5, 8/9, 10/11).

Sexta edición: febrero de 2021
ISBN: 978-84-8343-053-8
Depósito legal: M-43.536-2011
Printed in Spain
Impreso en Anzos, SL –Fuenlabrada (Madrid)

El papel utilizado para la impresión de este libro procede
de bosques gestionados de manera sostenible.

Cualquier forma de reproducción, distribución, comunica-
ción pública o transformación de esta obra solo puede ser
realizada con la autorización de sus titulares, salvo excep-
ción prevista por la ley. Diríjase a CEDRO (Centro Español
de Derechos Reprográficos, www.cedro.org) si necesita fo-
tocopiar o escanear algún fragmento de esta obra (www.
conlicencia.com; 91 702 19 70 / 93 272 04 45).

EN LA OTRA PUNTA DE LA TIERRA

La vuelta al mundo de Magallanes

Philippe Nessmann

Traducción de Jesús Ballaz

EDITORIAL

A Fantin, una pequeña vuelta y ya estás...

Preámbulo

Dos o tres cosas que hay que saber antes de hacerse a la mar

En aquellos oscuros tiempos vivían en la India hombres con cabeza de perro. Vestidos con pieles de animales salvajes, en lugar de hablar ladraban y utilizaban sus poderosas garras para cazar. Más allá, en el país donde nace el viento norte, habitaban los Amiraspi, una tribu cuyos miembros sólo tenían un ojo en la frente. Pasaban el día combatiendo con los grifones, monstruos medio león medio águila que querían su oro. Y en algunos exóticos bosques, podían verse hombres con los pies hacia atrás, que les permitían desplazarse a vertiginosa velocidad.

Los océanos no eran entonces más acogedores: agazapados en sus profundidades, congrios de cien metros de longitud, bogavantes de dos metros y criaturas demoníacas prestas a devorar las naves que pasaban por encima. Y en los mares del sur, el sol penetraba tan profundamente

que hacía hervir el agua y quemaba las velas y a los marineros.

En esa lejana época –no tan lejana pues hablamos del siglo xv–, había algo aún más extraño. En Europa, los bienes más preciosos no eran el oro ni las joyas, sino el clavo, la nuez moscada y la canela. Los nobles estaban tan pirrados por ellos que se gastaban fortunas para sazonar sus insípidas sopas de repollo y sus carnes hervidas.

En la otra punta del mundo, en cambio, en las islas Molucas, esas especias crecían como las malas hierbas. Los comerciantes árabes iban a comprarlas a precios muy bajos. Las transportaban en barco hasta la India y, de allí, a lomo de camello, hasta Beirut o El Cairo desde donde las llevaban en barco a los puertos europeos. Durante esos largos meses de azarosos viajes, las especias cambiaban de manos una docena de veces y, como cada comerciante sacaba su beneficio, su precio no cesaba de aumentar. Al llegar a las mesas de Francia, Inglaterra, Italia o España, eran más caras que el oro.

Si los europeos hubieran ido a buscarlas directamente a esas islas, les hubieran salido más baratas. Pero éstos no conocían el camino, y había ardientes mares que atravesar, monstruos marinos que combatir y pueblos extraños a los que hacer frente...

A finales del siglo xv, el afán de lucro llegó a ser más fuerte que el miedo a lo desconocido y dos países se lanzaron a explorar los océanos. Para llegar a las Indias, los *portugueses bordearon África por el sur y enfilaron sus carabelas hacia el este. Los españoles, con Cristóbal Colón, miraron hacia el oeste: atravesaron el Atlántico y descubrieron un nuevo continente, América.*

Había comenzado la era de los grandes descubrimientos.

Más que luchar entre ellos por la conquista del mundo, portugueses y españoles se lo repartieron con la bendición del Papa. El 7 de junio de 1494, en Tordesillas, los emisarios de los dos países tomaron un mapa, trazaron una línea de norte a sur en el océano Atlántico y decidieron que, en adelante, todas las tierras descubiertas a la derecha de esa raya serían portuguesas y las de la izquierda, españolas.

Pero, al otro lado de la Tierra, ¿en qué zona se encontraban las misteriosas islas de las Especias? ¿Quién se haría con las mayores riquezas del mundo? ¿Los portugueses o los españoles?

Para descubrirlo, alguien debía hacerse a la mar, combatir contra los monstruos marinos, hacer frente a extrañas tribus y, si era capaz, navegar hasta el otro lado de la Tierra.

En 1519, Fernando de Magallanes aceptó este desafío e intentó llegar a las islas Molucas bordeando América por el sur..., si era posible.

Su periplo fue una de las más extraordinarias aventuras marítimas de todos los tiempos...

Capítulo uno

Yo, Antonio Pigafetta, caballero de Malta...
Encuentro con Magallanes
Donde se trata de convencer

Yo, Antonio Pigafetta, caballero de Malta, de veintiséis años de edad, después de haber leído todos los libros sobre todas las maravillas del mundo, he decidido ir a contemplar con mis propios ojos parte de todas esas cosas.

Habiendo oído que en la ciudad española de Sevilla había una flota de cinco navíos presta para un largo viaje, me presenté allí en el mes de mayo de 1519.

El sol todavía no estaba muy bajo en el horizonte y la ciudad aún dormía, cuando salí del albergue con un pergamino enrollado en la mano. Caminé cerca de la catedral, recién acabada de construir después de cien años de trabajo, y avancé con paso firme por las amplias calles en las que se alineaban grandes casas blancas. Tras los altos muros de los palacios, adiviné los apacibles patios y los jardines poblados de palmeras, naranjos y buganvillas.

Mis pasos solitarios resonaban sobre el pavés.

Conforme me acercaba al río, las calles se estrechaban, y las casas estaban más sucias y desconchadas. Bajo los porches de las iglesias dormitaban los mendigos. Resonaron unos pasos a mi espalda. Con mis calzones y mis medias de gentilhombre, no pasaba inadvertido en aquel barrio miserable. Apresuré el paso; quien me seguía, también.

–¿Buscáis algo, señor? –me preguntó una voz.

Me volví y vi a un muchacho de unos quince años, desgreñado, con la cara sucia, andrajoso y descalzo. No tenía pinta de mala persona.

–No –le respondí–. O tal vez sí. Busco los navíos del señor Magallanes. Son cinco naves que están a punto de partir para las Indias.

–¿Cinco navíos? Sí, sí, ya lo sé. Seguidme.

Fuimos hasta el río y seguimos hacia arriba por su orilla. El muchacho me contó que se llamaba Pablo, que era huérfano y que vivía en la calle. Recorrimos callejuelas llenas de basuras que los perros husmeaban. Pablo me dijo que no tenía dinero para vivir. Tras las ventanas de la planta baja, entreveía sombrías caras que nos observaban. Me di cuenta entonces de que iba siguiendo, como un insensato, a un desconocido en una ciudad desconocida. Me estaba metiendo en boca de lobo...

Me disponía a dar marcha atrás cuando, a la salida de una calle, vi cinco veleros negros amarrados en la ensenada del río que alzaban sus mástiles hacia el cielo.

–¡Los navíos para las Indias! –exclamó mi joven guía.

Aliviado, saqué unas monedas de plata, le di una y volví a guardar las otras en el bolsillo.

–¡Os acompaño! –declaró atropelladamente después de obtener la moneda.

Los veleros, que los marineros llaman *naos*, medían unos treinta pasos de largo y estaban dotados de tres mástiles. A pesar de ser tan temprano, decenas de hombres trabajaban ya. Un verdadero hormiguero: los carpinteros llevaban tablones, los porteadores embarcaban barriles, los marineros ataban a los mástiles diferentes tipos de cordajes, cuyo nombre no recuerdo porque no soy marino.

–¿En qué navío puedo encontrar al capitán Magallanes? –pregunté a mi guía al llegar al muelle.

–No lo sé. Aquí os dejo... ¡Adiós, señor!

–Adiós y...

Pero ya había desaparecido entre los carpinteros, marineros y porteadores.

Me acerqué a un ceñudo soldado de uniforme, con casco y mosquete.

–¿Sabéis por casualidad dónde podría encontrar al señor Magallanes?

–Sí que lo sé, pero vos no podéis verle.

No le pregunté el motivo; ya lo sabía. En el albergue, el tabernero me había contado todo el lance; un asunto que había levantado una gran polvareda semanas antes en los muelles de Sevilla.

En primer lugar hay que saber –es importante conocerlo– que Fernando de Magallanes es portugués. Es un gran navegante y un gran soldado que ya ha prestado muchos servicios a su país. Un día pidió a su rey, Manuel de Portugal, grandes responsabilidades y un aumento de paga. El rey se lo negó. Ofendido, Magallanes le pidió autorización para abandonar Portugal y ofrecer sus servicios a otros soberanos. El rey aceptó.

Así fue como el navegante llegó aquí, a España, con un proyecto para el joven rey Carlos I, futuro Carlos V. El proyecto era éste: según Magallanes, el trayecto más corto para llegar a las islas de las Especias es por el oeste, por América. A su parecer, al sur de América hay un paso que conduce al mar océano donde están enclavadas dichas islas. Y siempre según él, están situadas en la mitad del mundo perteneciente a los españoles.

Ignoro de dónde sacó todo eso, pues nadie había llegado jamás a las islas de las Especias yendo hacia el oeste. Pero el rey de España lo escuchó con atención. Convencido de que su país se iba a enriquecer en detrimento del vecino Portugal, Carlos V ordenó poner a disposición de Magallanes cinco veleros, los que estaban amarrados en Sevilla.

Dicho esto, he aquí el asunto que armó el gran revuelo en los muelles. Un día, mientras curiosos y obreros se agolpaban alrededor de los navíos, un grito resonó entre la multitud:

–¡Mirad allá arriba!

Un hombre señalaba con el dedo el mástil del navío de Magallanes. En su punta ondeaba una bandera que no era la de España.

–¡Una bandera portuguesa!

Pronto el rumor recorrió la multitud. ¿Cómo era posible? ¿Magallanes, a quien España había acogido, a quien España había confiado cinco navíos y el mando de una expedición, ese hombre osaba ondear una bandera de Portugal?... Era un traidor. ¡Un traidor!

Los rugidos de cólera llegaron hasta el oficial del puerto, que salió al paso de Magallanes y le ordenó que retirara la bandera. El navegante le explicó que no había mandado izar la bandera con los colores de Portugal, sino su propia insignia con sus colores. Como noble y como capitán tenía ese derecho; por tanto, se negó a retirar las banderas. El oficial del puerto no quiso escucharle y ordenó a los guardias que lo hicieran. El altercado se convirtió en una batalla campal durante la cual un marino recibió una cuchillada.

Más tarde, apaciguados los ánimos, Magallanes descubrió la clave de la historia: el hombre que había originado la revuelta era un agitador enviado por el rey... de Portugal. Éste acababa de comprender que nunca debió haber dejado marchar al navegante, porque, si la expedición llegaba a las islas de las Especias, España se enriquecería muchísimo. De manera que el soberano portugués lo intentaba todo para hacer fracasar el proyecto, creando trabas y haciendo pasar a Magallanes por traidor.

Antes de su partida, la expedición ya tenía enemigos.

Tras este incidente, los guardias custodiaron los navíos.

Tendí al rudo soldado el pergamino que llevaba en la mano desde que salí del albergue.

–¡Mirad!

Le echó una ojeada, frunció el ceño e interpeló a un muchacho que pasaba por allí.

–¡Tú! –le dijo con fuerza para demostrarle quién era él–, acompaña a este gentilhombre ante el capitán general.

El joven me dedicó una amplia sonrisa; le faltaba un diente de arriba. Y como ya debía de tener doce o trece años, deduje que no era un diente de leche que se le había caído, sino un diente roto.

Trepamos por una pasarela que llevaba a uno de los navíos. Fui recibido en cubierta por un concierto de extraños ruidos, de golpes de mazo, de garlopas que limaban, de aullantes órdenes, de canciones para darse ánimo. Mientras prestaba atención para no enredarme los pies entre las jarcias que obstruían la cubierta, pensaba en lo que le iba a decir al señor Magallanes.

El muchacho me llevó hacia la parte trasera del navío, a una construcción de madera elevada que los marineros llaman *castillo*. Entramos –el interior estaba oscuro y el techo era muy bajo– y avanzamos hacia una puerta cerrada.

–Es aquí –dijo el joven antes de marcharse.

—Espera, tengo algo para ti...

Metí la mano en el bolsillo pero... lo tenía vacío. Alguien me había robado las monedas. Seguramente Pablo, mi primer guía. No era una fortuna, pero me resultaba enojoso. ¡Y el pillastre ya estaba lejos!

—No, nada —le dije muy molesto.

—No importa —me dijo el pilluelo, lanzándome otra desdentada sonrisa.

Llamé a la puerta. Abrió un hombre. En la penumbra, no le vi la cara sino su inmensa silueta. Así era como yo había imaginado a Magallanes: tan corpulento como grandes eran sus hazañas.

Con el corazón palpitando fuerte, le entregué el pergamino.

—Me gustaría hablar con vos.

—¡Esperad! —ordenó con voz grave.

Se alejó y volvió instantes más tarde.

—¡Venid!

—Gracias, señor.

Lo seguí y, una vez en la habitación iluminada, descubrí su rostro. Tenía el mentón lampiño, la piel oscura, la nariz chata y los ojos oblicuos. No era Magallanes; era un joven de las Indias, sin duda un sirviente. Me sentí muy confuso. Me acompañó a una mesa cubierta de papeles donde estaba sentado un hombre.

—Soy el capitán general Fernando de Magallanes —dijo levantándose.

Se acercó a mí cojeando ligeramente. Era bajito, muy bajito, y moreno, muy moreno. Su tupida barba ocultaba la mitad de su rostro. Un rostro chupado, con pómulos salientes y ojillos hundidos. Un semblante severo, duro, cerrado, como labrado por tempestades y sufrimientos. Este hombre de treinta y ocho años había vivido tanto que aparentaba tener diez más.

A su lado, yo, que parecía que no había vivido casi nada en mis veintiséis primeros años, aparentaba dieciséis.

–Me llamo Antonio Pigafetta. Soy caballero de Malta, nacido en la ciudad italiana de Vicenza. Trabajo en Barcelona para monseñor Francesco Chiericati, embajador del Papa en España. La carta de presentación que os he dado es suya. He venido a veros, señor Magallanes...

–¡Capitán general Magallanes!

–Perdón... He venido a veros, capitán general Magallanes, porque desearía participar en la expedición que estáis organizando.

–¿Eres marino?

–No.

–¿Soldado? ¿Artillero?

–No.

–¿Barbero? ¿Carpintero?

–No.

Volvió a sentarse y se sumergió en sus papeles. Estaban llenos de números, referentes sin duda a cantidades, tal vez cantidades de víveres que habían de llevar para el viaje.

–¿Por qué queréis venir conmigo? –preguntó sin levantar la vista.

–Para ser noble no basta tener sangre de gentilhombre: hacen falta gloriosas hazañas. Mis antepasados han sido valientes soldados, escritores y eruditos muy útiles a la república de Venecia. Yo también quiero hacerme merecedor del título de caballero. Soy curioso, quiero conocer el mundo tal como es y no tal como lo cuentan.

–Todo eso está muy bien, pero sin duda ignoráis que el viaje durará dos años y que nadie está seguro de volver...

Hablaba español con un fuerte acento portugués. A veces, tenía que buscar las palabras.

–Lo sé –respondí con todo el aplomo de que fui capaz– y acepto el riesgo. Quiero partir con vos.

–Pero ¿para qué os necesito? –soltó sin levantar la vista–. No sois marino ni soldado. ¿Para qué servís?

Tragué saliva y comencé la perorata que tan cuidadosamente había preparado en el albergue.

–Hablo varias lenguas y, sobre todo, sé escribir; seré el cronista de a bordo. Hablaré día por día de las regiones que descubráis, los combates que dirijáis, las tempestades que venzáis. ¿Qué vale una hazaña, si nadie la cuenta? ¡Se olvida! A Marco Polo se le recuerda dos siglos más tarde porque dictó sus memorias y se escribieron en un libro...

Magallanes levantó la cabeza y me observó con sus hundidos ojillos.

–Si me lleváis –insistí–, os prometo contar fielmente vuestras hazañas para que tanto el rey como sus súbditos, las gentes de hoy como las de los siglos venideros, todos conozcan lo que habéis hecho.

Se quedó un instante en silencio y después se dirigió a su sirviente indio:

–¡Enrique, acompaña a este gentilhombre!

Éste me dirigió una inexpresiva mirada.

–Embarcaréis en mi navío, el *Trinidad*. Concretad los detalles prácticos con el intendente. Salimos de aquí a tres meses.

Se sumergió en los papeles.

Al salir del camarote, en el oscuro pasillo que conducía a la cubierta me asaltó una duda; era incapaz de decir, a fin de cuentas, si la noticia me alegraba.

Yo, que sólo conocía de la vida el calor de los palacios, el aroma de los banquetes, la dulzura de mi oficio y los mullidos lechos, ¿tenía de verdad ganas de abandonarlo todo para seguir a un frío capitán perseguido por portugueses revanchistas? ¿Tenía ganas de experimentar el hambre, la enfermedad, las tempestades y quizás la muerte?

Un viejo proverbio me vino a la memoria: «Si quieres aprender a rezar, hazte a la mar».

¿Era esto lo que yo quería?

Capítulo dos

La gran partida
Los mareos
Descubrimiento del *Trinidad*
y de sus ocupantes

Uno de los más viejos –y más amargos– recuerdos que tengo de la partida es una jofaina de hierro recubierta de esmalte blanco.

He pasado horas sentado en mi litera mirándola, observando su centro liso y profundo, agrietado en ciertos puntos y descascarillado por los bordes.

Durante dos días, esa jofaina fue mi único horizonte.

Habiendo prometido al capitán general narrar cada etapa del viaje, me había encerrado en mi camarote desde que soltamos amarras. Había tomado una pluma bien afilada y había destapado el tintero. Como el navío se bamboleaba de izquierda a derecha, la tinta iba y venía dentro del recipiente de vidrio. Yo había mojado la pluma en el negro líquido y había escrito en la primera página de mi diario de a bordo:

Lunes, día de san Lorenzo, 10 de agosto de 1519. La flo-
tilla provista de todo lo necesario, con una tripulación de
casi doscientos cincuenta hombres para los cinco navíos,
ha salido de Sevilla. Hemos ido a vela hasta la desembo-
cadura del río Guadalquivir y hemos llegado al puerto de
Sanlúcar.

En el fondo de mi tintero, la tinta se agitaba cada vez
más. A mi alrededor todo se movía: oía vibrar el navío,
crujir como crujen las articulaciones humanas. No había
tormenta, sólo una fuerte marejada.

Permanecí unos instantes con la pluma en el aire, pre-
guntándome si debía escribir sobre el mes transcurrido
en el puerto de Sanlúcar a la espera de vientos favorables.
Todas las tardes, mientras Magallanes verificaba minucio-
samente los últimos preparativos –remplazar los marinos
desertores, controlar la carga de las bodegas y el estado de
los navíos...–, los hombres habían saltado a tierra y habían
gastado en las tabernas hasta el último céntimo. Habían
ahogado su angustia en alcohol y mujeres. ¡Quién sabe si
ese vaso no sería el último! ¿Y esa amable sirvienta no sería la última mujer que verían?

Pero ¿podía contar todo eso?

Por fidelidad a Magallanes ¿no debía narrar sólo las cosas positivas?

Releí las últimas palabras: «hemos llegado al puerto de
Sanlúcar». Era curioso, veía moverse las palabras, subir y
bajar, formar una ola sobre el papel. La cabeza me daba

vueltas y notaba algo como una pesada bola de plomo en el fondo del estómago. A veces, cuando el navío se meneaba demasiado, tenía la impresión de que ese peso subía y me iba a salir por la boca, pero eso no ocurría.

Reflexioné largamente, respiré a fondo y decidí pasar por alto el mes de Sanlúcar para detenerme sólo en los últimos días. Mojé la pluma en el tintero y escribí:

Hemos ido varios días a oír misa en tierra, en la iglesia de Nuestra Señora de Barrameda de dicho puerto. Allí el capitán general ha ordenado que todos los de la flota se confesaran antes de partir, y él mismo ha dado ejemplo. Después ha prohibido que suban mujeres a bordo de los navíos.

Después quise describir la partida, el adiós de Magallanes a su esposa Beatriz y a su bebé Rodrigo, y el de los marineros cuyos padres vivían allí. Yo, que no tenía ni mujer ni hijos, y con mi familia en Italia, me contenté con saludar a la tierra de España con la esperanza de volver a verla algún día.

Los cañones habían disparado una salva de despedida y la flotilla se había alejado hacia el mar océano con las velas desplegadas por el viento que venía de río arriba.

Cuando la costa ya no fue más que una línea amarilla y verde en el horizonte, abandoné la cubierta, entré en el castillo de popa donde se encontraba mi camarote, y comencé a escribir lo que había visto desde que partimos de Sevilla.

Fue allí cuando todo comenzó a moverse a mi alrededor, cuando las palabras formaron olas sobre el papel y apareció un peso en el fondo de mi estómago.

* * *

Había pasado la noche, pero no mi mareo.

Sentado en mi litera, alelado, miraba desde hacía interminables minutos la jofaina de hierro recubierta de esmalte blanco que tenía sobre mis piernas. El navío se movía un poco menos que el día anterior pero el peso en el fondo del estómago no había desaparecido. Tenía ganas de que saliera, y mantenía la jofaina preparada con este fin.

De repente se abrió la puerta y me sobresalté. Entró Duarte Barbosa, mi compañero de camarote.

Tenía unos treinta años, el rostro sin brillo y los rasgos finos. Se mantenía siempre muy erguido de manera que, aunque no fuera más alto que los demás, daba esa impresión. Hablaba con mucha soltura y tenía opiniones para todo. Al contrario que yo, era muy seguro de sí mismo.

–Hola, cronista –exclamó–, ¿tú siempre aquí dentro? Deberías tomar el aire en cubierta.

–No, gracias, no me encuentro bien. Y ver el navío zarandeándose sobre el océano aún me pondrá más enfermo...

–¿Quieres saber los trucos de un viejo marino contra el mareo? En primer lugar, no hay que estar intranquilo.

Me sonrió guasón.

–No estás inquieto ¿verdad? No te da miedo el mar...

–No, ni hablar –le respondí casi gritando.

–Está bien. Para empezar, debes dejar de escribir mientras estés enfermo. Además, debes comer...

–Oh no, de ninguna manera.

–Sí, hay que comer. ¡Vamos!

¿Se burlaba de mí? ¿Mejoraría eso mi suerte? Como no tenía fuerzas para resistir, me levanté y lo seguí con mi jofaina esmaltada en la mano.

Avanzamos por un oscuro corredor. A cada paso que daba, tenía la sensación de que el techo se me venía encima. Me sentía como un niño que aprende a caminar. Y es verdad que, en cierta manera, daba mis primeros pasos sobre un velero; allí tenía todo por descubrir.

Entramos en una estancia de madera con una ventana que daba al mar. Sobre la gran mesa central había restos de comida y vasos; era el comedor de los oficiales. Mientras me sentaba y dejaba mi jofaina bajo un banco, Barbosa tomó un puñado de galletas de una caja y me las ofreció.

–¡Come, es bueno para lo que tú tienes!

Obediente, comí una. Era una galleta grande de harina de trigo, muy nutritiva y no demasiado mala de gusto. Pero, en ese instante, con el peso en el estómago, no sabía apreciarla. Noté que descendía por mi garganta y que la bola que llevaba dentro me pesaba un poco más.

Barbosa lo vio y me alargó otra.

–Es tu primer gran viaje por mar ¿no? Ya irás viendo. Yo también me mareaba cuando era más joven. He pasado varios años en la India. He visto cosas extraordinarias. Verás, un día...

Pero yo no lo escuchaba. Mientras el navío seguía cabeceando bastante fuerte, escuchaba el chapoteo del mar contra el casco, los inquietantes crujidos de la madera, las órdenes dadas a gritos a los marineros, los gorgoteos de las galletas en mi tripa, el metálico tintineo de la jofaina en el suelo.

Después de un rato que no sabría decir lo largo que fue, un hombre se asomó a la puerta.

–¿Habéis visto al capitán general?

–No –respondió Barbosa–. ¿Cuándo llegaremos a las Canarias, Gomes?

–En tres días, si Dios quiere.

La cabeza del hombre desapareció y la puerta volvió a cerrarse.

«Tres días para llegar a tierra firme», pensaba yo horrorizado.

–Gomes es portugués, como yo –me explicó Barbosa–. Él también quería organizar una expedición para ir a las islas de las Especias. Y también se lo había propuesto al rey de España. Entre los dos proyectos, el rey ha escogido el de Magallanes, pues es más experimentado. A resultas de esto, Gomes ha ofrecido sus servicios al capitán general, que lo ha aceptado como piloto.

–¿En qué consiste su trabajo?

–El piloto es quien dirige el barco con ayuda de los mapas, las brújulas, los astrolabios, las estrellas. El capitán dice dónde quiere ir y el piloto obedece. Es un hombre muy importante. En el *Trinidad*, el oficial más importante es sin duda el capitán, Magallanes. Ya has debido de tropezarte con él, aunque no te haya hablado mucho. Es hombre de pocas palabras. Excepto conmigo, que soy el hermano de su mujer. Después viene el piloto, al que acabas de ver. Después, el contramaestre, que transmite las órdenes del capitán a los marineros. El maestro de armas, que mete en cintura a los marineros desobedientes. El intendente, que controla la carga de la nao... Tendré que presentártelos. Duermen aquí, en el castillo de popa. La primera vez que navegué yo también andaba un poco perdido. Fui a la India como grumete. Sobre mi nave, había...

De nuevo, dejé de escuchar. Me preguntaba por qué Magallanes lo había tomado a bordo, me parecía que no tenía otra función que la de «cuñado». Algo se me escapaba.

Mientras continuaba hablando, pensaba en el raudal de sus palabras que me mecía, en el barco que se balanceaba, en el farol colgado del techo que oscilaba, en mi cerebro que me bailaba dentro del cráneo y en el único objeto inmóvil de este agitado mundo, la bola de mi estómago cargado de galletas.

Para olvidar todo esto, anuncié que iba a tenderme en mi cama.

* * *

Al día siguiente, salí a cubierta con la esperanza de que mejoraría mi mareo. Me quedé al pie del palo mayor, en el centro del navío, donde, según Barbosa, éste se mueve menos.

A pesar de los nubarrones que tapaban el sol, hacía calor. Sobre el mar gris, en las crestas de las olas, se formaban pequeños borregos de espuma, movidos por el viento.

A popa del *Trinidad*, a algunas leguas de distancia, podía ver las hinchadas velas de los demás navíos de la flotilla. Aún no sabía distinguirlos, pero conocía sus nombres: el *San Antonio*, mandado por el capitán Juan de Cartagena, el *Concepción*, a las órdenes de Gaspar de Quesada, el *Victoria*, de Luis de Mendoza, y el *Santiago*, de Juan Serrano.

En esos momentos de calma, nos seguían con facilidad. Me preguntaba cómo lo conseguían de noche. Sin duda seguían las luces colgadas en los mástiles del *Trinidad*. ¿Pero qué pasaría en caso de tempestad? ¿Y qué ocurriría con la expedición si nos separáramos?

–¡Al cuarto!

Tañó una campana.

–¡Al cuarto!

Los marinos que desde hacía cuatro horas se movían sobre el puente dejaron su trabajo. Otros salieron del casco por las aberturas y los reemplazaron. Era el comienzo de su turno de guardia.

Los de más edad, de entre veinte y treinta años, eran los marinos profesionales. Todos sabían con precisión qué hacer. Ése de la barba pelirroja secaba los cordajes; aquél de allá, sentado en cubierta, remendaba la vela; otro controlaba los cabos llamados *obenques* que sirven para mantener los mástiles en su sitio.

–¡*Leva el papahigo*!

Dos briosos jóvenes de unos diecisiete años subieron al palo mayor por una escala de cuerda para izar la vela llamada *juanete*. Eran dos aprendices, dos muchachos que todavía no tenían su certificado de marinos profesionales. Ellos realizaban los trabajos más penosos en el navío: trepar a los mástiles, izar las velas, remar en las chalupas...

Al verlos moverse en el mástil, a una altura como la de una casa, sentía un vértigo tan fuerte que me hacía volver la cabeza; la bola de mi estómago duplicó su tamaño.

Cerré los ojos para que todo aquello no existiera.

A mi izquierda oía a dos hombres hablar en francés. Antes había sorprendido a un grupo de marineros charlando en griego. La tripulación del *Trinidad* procedía de toda Europa: de los cincuenta miembros, dos tercios eran españoles, los demás portugueses, italianos, franceses o griegos.

–¡*Izá la trinquete*!

Pero todas las órdenes se daban en catalán[1], una de las lenguas del territorio de España. Todos olvidaban entonces la propia lengua para obedecer la común.

–Vaya ¿vos por aquí?

Abrí los ojos. Ante mí, un muchacho de unos trece años sostenía una brocha con la mano derecha y un cubo con la izquierda.

–¿Nos conocemos? –le pregunté.

–Sí. ¿No os acordáis de mí? –exclamó luciendo una amplia sonrisa.

Le faltaba un diente.

–Sí, por supuesto, tú me acompañaste el otro día al camarote del capitán. ¿Qué haces aquí?

–Hablar con vos.

–Sí, ya lo veo, ¿pero qué haces en el barco?

–Soy grumete.

–¿Y en qué consiste tu trabajo?

–Hago un poco de todo. Saco agua del mar con este cubo, friego la cubierta para que esté limpia, limpio las literas, hago todas las pequeñas cosas que me ordenan que haga... No siempre es divertido y nunca está bien pagado.

---

1. Nota del editor: se ha respetado el texto original, aunque la lengua en que se expresan las órdenes en el libro no es el catalán.

–Entonces ¿por qué estás aquí?

–Mi padre es marinero, mi abuelo era marinero y yo seré marinero.

–¡Dad vuelta! –gritó una voz a mis espaldas.

–Para eso debo comenzar como grumete. Después seré aprendiz y más tarde marinero. Pero lo que quiero, más adelante, es ser capitán. ¡Tendré mi propio camarote!

Era divertido, con su desdentada sonrisa y su bella ambición. No me atreví a hablarle de las dificultades que le esperaban.

–Está bien, muchacho. ¿Y ahora dónde duermes?

–Abajo, en el casco.

–¿Me permitirás que te visite?

–¡Dad vuelta! –aulló la voz a mis espaldas.

El muchacho volvió la cabeza y palideció. Se puso de rodillas sobre el puente, metió la brocha en el cubo y frotó enérgicamente.

–Más tarde... –dijo con voz temblorosa–, más tarde... Ahora debo trabajar. Mañana por la tarde, después de mi guardia.

Me volví para ver de dónde venía la orden que tanto había espantado al muchacho.

De pie sobre el castillo de popa, dominando el navío y la tripulación, sombrío tras su barba negra, estaba el capitán general Magallanes.

* * *

Al día siguiente por la tarde, cuando tocó la campana que anunciaba el cambio de guardia, dudé si salir de mi camarote. Me había pasado la mañana tumbado en mi litera. Mi mareo había empeorado: el peso que tenía en el estómago era aún mayor y me comprimía los pulmones y el corazón, impidiéndome a veces respirar. Empezaba a preguntarme si mi sitio estaba realmente en este navío, en esta expedición.

Como había prometido al grumete ir a verlo, me levanté y fui tambaleándome hasta el pie del palo mayor.

Estaba allí, sentado en cubierta, jugando a los dados con dos chicos de su edad.

–Ya no quiero seguir el juego –les dijo al verme.

Y se puso en pie.

–No tenéis buen aspecto.

–Es el mareo.

–Eso pasa. ¿Venís?

Fuimos hacia la parte delantera del navío.

–¿Sabes si hay que comer cuando uno se marea? –le pregunté un poco avergonzado.

–Sí, hay que comer. Pero el mareo no es nada grave, les pasa incluso a los viejos marineros. Mi padre continúa teniéndolos cada vez que se embarca.

–¿Me dices la verdad?

Eso me tranquilizaba un poco. No era pues tan anormal. Y quién sabe si el altivo Barbosa no lo sufría también a escondidas.

–¿Os puedo hacer una pregunta? –añadió el grumete tras un momento de vacilación– ¿Sabéis adónde vamos?

Quedé un instante atónito. ¿Le había entendido bien? ¿Quería decir: adónde va la flotilla? ¿Eso significaba que lo ignoraba? En ese caso, una gran mayoría de los marineros también lo debía de ignorar... ¿Por qué Magallanes no les había dicho nada? ¿Por miedo a que la tripulación se inquietara temerosa por los monstruos marinos y las extrañas tribus, y se negara a seguirle? ¿Podía revelarlo yo?

–Vamos a atravesar el Atlántico hasta las Américas y de allí iremos a las islas ricas en especias –le respondí de la manera más vaga posible.

Los ojos del grumete se iluminaron. Mi respuesta le bastaba.

Llegamos a una abertura en la cubierta y descendimos por una escalera al interior del *Trinidad*, hasta un lugar llamado *entrepuente*. Y allí descubrí el infierno.

Como no había ventana al exterior y los temblorosos faroles apenas suavizaban la oscuridad, no vi el infierno inmediatamente: comencé por olerlo.

El aire sobrecalentado y húmedo contenía un indescriptible hedor. Olía a cerrado, a sudor, a pescado podrido, a orina; un tufo de porquería que cortaba el aliento. Saqué del bolsillo un pañuelo perfumado de agua de rosas y me lo coloqué sobre la nariz.

Después de haber olido el infierno, lo oí: gruñidos, diferentes tipos de gruñidos, algunos ligeros como los ronquidos, otros graves y profundos, como si un monstruo viviera pegado al fondo del navío.

—¡Venid a ver! —dijo el grumete.

Apenas comenzaba a entrever las entrañas del navío. Estaban llenas de cajas de galletas y de pescado seco, de barriles de agua y de pólvora de cañón, de montones de cuerdas y de velas de recambio, de cañones y de máquinas complicadas para levar el ancla e izar las velas. Entre las cajas, encima de la paja extendida sobre el puente, reposaban acurrucados algunos marineros dormidos.

—¿Duermes aquí?

—Bueno... ¡Venid a verlo!

Me condujo a unas cajas apiladas, dispuestas de manera que formaban un recinto. En el centro, tendido cuan largo era, había un bicho enorme. Adiviné que era rosado y que gruñía.

—¡Es la gorda Carmen!

¿Carmen? ¿Una mujer a bordo?

—¡Creo que pronto la vamos a matar para comérnosla! Ya es hora... Desde que partimos no para de soltar porquería. Por eso todo apesta. ¡Salud, marrana Carmen!

Ya lo sabía, pero lo había olvidado. Como los alimentos no se conservan mucho, los navegantes llevan los animales vivos y los matan en plena ruta. Pronto nos comeríamos a Carmen.

Pero sólo pensar en una costilla de cerdo tuvo en mí un efecto devastador. Como si ya la hubiera comido, vino a hacer un poco más pesada la bola de mi estómago. Tuve que salir al aire libre.

–¿Habéis visto la bodega? –me preguntó el pilluelo.

–¿La bodega?

–Está abajo, al fondo de la nao. Hay allí barriles de agua, de vino y de vinagre.

–Sí –asentí para quedar bien.

Pasó zigzagueando entre las cajas y me condujo hasta una abertura en el entrepuente. Yo no veía más que un agujero negro.

–No hay nada que ver –dijo–, basta pasar la cabeza.

Me puse en cuclillas en el entrepuente y pasé la cabeza por el negro agujero. Oí en primer lugar el chapoteo del agua prisionera al fondo de la bodega y los estridentes grititos de las ratas. Entonces cometí un mayúsculo error: respiré. Con las dos manos sobre el suelo, mi nariz no estaba protegida por el pañuelo perfumado. Un inmundo hedor de agua corrompida penetró en mis pulmones y, como tenía la cabeza hacia abajo, noté que la bola de mi estómago subía de golpe. Subía, subía.

Me puse en pie inmediatamente, corrí en la penumbra entre las cajas hasta la escalera, la subí, desemboqué en la soleada cubierta, fui hacia el lado derecho del navío, me incliné sobre la borda y vomité en el mar todo lo que mi estómago no había querido digerir desde la salida.

Tras varios espasmos, levanté la cabeza. Tenía la boca amarga pero el espíritu apaciguado, y descubrí por fin el horizonte. El mar océano, sereno y dulce, centelleaba bajo el sol. Las gaviotas se arremolinaban en torno a los navíos. A lo lejos, frente a nosotros, entre el cielo y el agua, se dibujaba la silueta de una tierra cuya cima tocaba algunas nubes blancas.

Las islas Canarias.

Con todas las velas desplegadas, nos acercábamos a la primera etapa de nuestro periplo.

Capítulo tres

¿Pero adónde vamos realmente?
Dos misteriosas misivas
¡Rebelde a bordo!

*L*unes, 3 de octubre de 1519. Después de tres días y medio de escala en las islas Canarias para avituallarnos de agua y víveres, nos hacemos a la mar, aprovechando los vientos del sur que los marineros llaman siroco. Nos adentramos en el mar océano, pasando Cabo Verde y las islas vecinas, y navegamos varios días por la costa de Guinea, donde se encuentra una montaña llamada Sierra Leona, que está a ocho grados de latitud según el arte y las ciencias de cosmografía y astrología.

Sentado sobre un montón de cabos, a la sombra de una vela, con la pluma en una mano, había retomado el hilo de mi diario de a bordo. Tras la escala de Canarias, me había desaparecido el mareo.

Hacía dos días que el viento había amainado y los navíos estaban pegados a un mar aceitoso, las velas flojas, los marineros desocupados jugando a cartas o durmiendo, el capitán general dando vueltas por el castillo de popa cojeando ligeramente, con las manos a la espalda y la barba más sombría que nunca.

–Que viene –gritó un marinero–. ¡Pedro, cuidado con tu trasero!

El Pedro en cuestión hacía equilibrios en la punta de un tablón suspendido sobre el mar, en cuclillas y con el trasero al aire. Los que vivíamos en el castillo de popa teníamos recipientes donde hacer nuestras necesidades, recipientes que los grumetes vaciaban en seguida por la borda. Pero los hombres de la tripulación que se alojaban en el casco no disponían de ellos y utilizaban ese tablón. Al comienzo del viaje, no había podido evitar echar una ojeada a los que lo usaban; más adelante, ya no les prestaba atención.

Mi mirada y todas las miradas se volvieron hacia el susodicho Pedro, quien dirigió la suya hacia las olas que tenía debajo. Se quedó blanco como un sudario.

Una sombra rondaba en el agua, se hundía y volvía a salir a la superficie, y cuando salía bastante, una aleta emergía por encima de las olas. Era uno de esos inmensos peces llamados tiburones, que tienen una terrible dentadura y que se comen a quien encuentran en el mar vivo o muerto.

Paralizado por el miedo, incapaz de ponerse en pie, Pedro avanzó en cuclillas sobre el tablón como un pato, con sus partes al aire, entre las risotadas de los otros marineros.

–Eh –exclamó uno de ellos después de que el desgraciado hubiera alcanzado la cubierta–, ¿no se te ha comido las uvas? Cuéntalas para comprobarlo.

Mientras los marineros reían ruidosamente, yo, siempre sentado sobre las jarcias, pensaba en otra silenciosa sombra que dada vueltas desde hacía varios días alrededor de la flotilla.

Era un extraño rumor del que me había hablado Juan de Santandrés, mi joven amigo el grumete desdentado.

–Señor –me había preguntado–, ¿seguro que vamos hacia las Américas?

–Sí, seguro.

–Los viejos marineros que ya han ido dicen que éste no es el camino adecuado. Tendríamos que ir hacia el oeste y vamos hacia el sur.

Era verdad que íbamos hacia el sur. Hasta ese momento, yo había supuesto que la razón era que buscábamos vientos favorables para atravesar el Atlántico.

–¡No te preocupes! ¡El capitán general sabe lo que se hace!

–No es eso lo que dicen los marineros...

–¿Qué es lo que dicen?

–Que Magallanes es un traidor portugués.

La acusación era grave. Intuía que procedía de los marineros españoles y yo entendía su razonamiento. Magallanes dirigía la flota del rey de España hacia África, es decir, hacia la mitad del mundo que pertenecía a los portugueses. Para esos marineros, iba a apoderarse de los navíos y a ofrecérselos a su país de origen, Portugal. Era pues un traidor.

Yo mismo, a pesar de que había jurado fidelidad al capitán general, no comprendía demasiado por qué íbamos por allí.

Un poco más tarde, cuando me encontré en el comedor en compañía de Magallanes, intenté indagar algo más.

–Permítame, capitán general, no soy marinero y me gustaría que me explicara algo de navegación...

Me echó una mirada más bien amigable, que interpreté como una incitación a hablar.

–¿Por qué, para dirigirnos hacia las Américas, descendemos tanto a lo largo de África? ¿Es para encontrar vientos favorables?

Se levantó bruscamente y, en el momento de dejar la estancia, me asestó:

–No, es porque yo lo he decidido así.

Me quedé de piedra. ¿Le había llegado el rumor que circulaba por su propio navío? ¿No sería mejor que diera claramente sus razones?

Yo había decidido proseguir con mi encuesta. Aquella noche, antes de ir a dormir, había interrogado discretamente a mi compañero de camarote, Duarte Barbosa. Si estaba tan próximo a Magallanes como él decía, debía de saber algo.

–¿Sabéis cuándo llegaremos a las Américas? –le había preguntado en el tono más inocente posible.

–De aquí a unas semanas, supongo.

–¿Y no te parece extraño que tomemos una ruta tan meridional?

–Sí, pero es normal.

–¿Ah, sí?

–Sí, pero no puedo decir más.

¿Conocía el secreto o quería darse importancia?

–El capitán general –insistí–, ¿conoce el rumor que circula sobre él? Algunos marineros españoles sospechan que les traiciona.

–Lo sabe...

Se calló. Tenía ganas de contar más, pero sin duda no debía hacerlo.

–Escuchad, os quiero contar algo que no diréis a nadie –acabó por largar–. ¿Os acordáis de la carabela que nos acercó el otro día a Canarias?

–Sí.

–Fue mi padre, Diogo Barbosa, quien la envió. Aunque es portugués, vive en España y conoce perfectamente a las autoridades marítimas españolas y sabe mucho sobre este asunto. La carabela llevaba dos cartas selladas para el capitán general...

–¿Qué decían?

–No os lo puedo revelar... Todo lo que puedo decir es que, después de haberlas leído, Magallanes decidió tomar una ruta hacia el sur...

¿Qué podían contener esas misteriosas misivas?

¿Lo sabía verdaderamente Barbosa?

¿Adónde íbamos?

Sentado sobre un paquete de cabos, a resguardo del sol, notaba unas sombras que flotaban dentro de mi cabeza como un vuelo de cornejas: todas estas preguntas sin respuesta.

* * *

Poco después, enormes nubarrones aparecieron en el horizonte, primero claros y aborregados, después, a medida que nos acercábamos, espesos y tan negros como el hollín.

El viento sopló cada vez más fuerte, hinchó las velas y empujó el navío con presteza.

Cálidas gotas de agua inundaron la cubierta. Me refugié detrás de la nave y observé durante un rato cómo la lluvia limpiaba el puente.

–¡Plegad las velas!

Los aprendices treparon a los mástiles. De pie sobre las vergas, esas barras horizontales a las que se atan las velas, retiraron las velas como quien se quita de encima una tela. Las enrollaban y las ataban a las vergas. Había que reducir al máximo el velamen para que las borrascas no arrancaran los mástiles.

La mar gruesa agitaba el *Trinidad*, lo zarandeaba. A cada instante, temía ver a un aprendiz que se soltaba de su asidero y caía a la cubierta o al mar para encontrar una muerte segura.

Subí a mi camarote. Tendido en mi litera, oía el barco sufrir, gemir. El casco crujía. Los cordajes silbaban.

El capitán general había ordenado apagar todos los faroles para evitar un incendio. Era de día, pero parecía que se estaba haciendo de noche.

Yo imaginaba a los marineros en la cubierta o en los mástiles intentando mantener su dominio sobre el navío. Temía por ellos.

Imaginaba al grumete Juan en el interior del casco. Me preguntaba si el agua entraba en el navío, si las cajas estaban bien apiladas, si alguna de ellas no corría el riesgo de moverse y aplastar a alguien. Y temía por Juan.

Pero en realidad, tenía miedo sobre todo por mí.

Era mi primera tempestad.

Sacudido en medio del mar océano, nuestro navío de treinta pasos de largo no era mucho más que una cáscara de nuez. Y yo sobre mi litera no era más que una mota de polvo aterrorizado. Habría querido hacer algo, pero no era capaz de hacer nada. No había nada que hacer. Había que esperar. Una espera terrible y sin fin. Hubiera querido disminuir aún más mi tamaño y desaparecer completamente. Hubiera deseado volver atrás, a mi bella ciudad de Vicenza, a los brazos de mi madre.

Junté las manos y las apreté tan fuerte que me dolían los dedos.

Recé a Dios, le pedí perdón por mis pecados y por los de mis compañeros. Le supliqué que nos protegiera. Le rogué que me protegiera a mí, le prometí hacer siempre el bien y honrarle, si me salvaba la vida.

Durante dos horas, acurrucado en mi litera, zarandeado de izquierda a derecha, con los ojos llenos de lágrimas y los calzones mojados, rogué a la Virgen María y a San Adelmo y a San Antonio de Lisboa y a Santa Bárbara y a todos los santos protectores que conocía...

Uno de ellos nos escuchó.

Tras interminables horas, unos gritos emergieron del caos.

—¡Venid a ver!

Salí del camarote y me fui a la cubierta, batida por los vientos, la lluvia y los golpes de mar.

—¡Mirad allá arriba! ¡Estamos salvados!

En la punta del palo mayor, una luz irreal iluminaba la oscuridad como un anillo de fuego.

—¡Es San Telmo[2]! Si este santo se presenta sobre una nao en peligro, ésta nunca perece. ¡Estamos salvados!

2. El «fuego de San Telmo» es un fenómeno meteorológico cuya explicación científica hoy ya se conoce. Esta luz se debe a la electricidad estática del aire.

Efectivamente, en cuanto ese fuego desapareció, el mar se calmó y varias especies de pájaros aparecieron en el cielo.

Volví a mi camarote y di gracias a Dios por habernos salvado.

Entonces comencé a comprender el sentido profundo del siguiente proverbio: «Si quieres aprender a rezar, hazte a la mar».

* * *

Otras tempestades y otras plegarias marcaron las jornadas que siguieron.

Milagrosamente, la flotilla continuó unida.

Cada noche, cuando el tiempo lo permitía, el *San Antonio*, el *Concepción*, el *Victoria* y el *Santiago* se acercaban al *Trinidad* para un ritual impuesto por Magallanes. El capitán de cada navío debía presentarse en cubierta y gritar al capitán general:

«Dios vos salve, señor capitán general, y maestro y buena campaña».

Así le testimoniaban su respeto y su obediencia.

Los días se sucedían sin parar. Transcurrieron tres semanas sin ver tierra. Y como no teníamos ni idea de nuestro destino, cada nueva tempestad, cada nueva maniobra mermaba un poco más la moral y la confianza de los marineros.

–Un traidor, os lo digo yo... ¡Tiene sangre portuguesa!

–Deberíamos hacer algo...

La duda parecía haberse apoderado igualmente de los demás navíos. Cuando los capitanes rendían honores a Magallanes cada tarde, no ponían la menor convicción; todo era pura fachada. Saltaba a la vista que no les inspiraba confianza y eso los amargaba.

Nuestra flotilla se transformaba poco a poco en un barril de pólvora a la que sólo le faltaba una chispa para explotar...

Tras mes y medio en el mar océano, atravesamos una nueva zona de calma. Los navíos apenas avanzaban. El capitán general decidió reducir las raciones de comida. Cada hombre no recibiría más que cuatro litros de agua y libra y media de galletas por día.

–Nos quiere debilitar para entregarnos a los portugueses. Es un traidor...

Una chalupa anunció la noticia a los demás navíos y eso fue la chispa.

Por la noche, cuando el *San Antonio* se aproximó para rendir honores, enseguida comprendimos que pasaba algo.

El hombre que salió a cubierta y gritó «Dios vos salve, señor capitán, y maestro y buena campaña» iba vestido con una amplia camisa beis, un pantalón oscuro y un gorro, la vestimenta clásica de un marino. Ahora bien, Juan de Cartagena, el capitán del *San Antonio*, era un noble español que tenía una alta estima de sí mismo. Vestía siempre una chaqueta ricamente adornada, botas perfectamente lustradas y un sombrero digno de su rango.

Allí, en el puente del *San Antonio*, no estaba Cartagena sino un subordinado enviado en su lugar. Y lo más sorprendente era que dicho subordinado había gritado «capitán» y no «capitán general».

Volví la cabeza hacia Magallanes. Como de costumbre, no exteriorizó nada en su rostro oculto tras su gran barba.

La situación era, pues, muy grave. Con esta actuación, Cartagena mostraba su desacuerdo. Y lo peor era que lo hacía ante las tripulaciones del *Trinidad* y del *San Antonio*.

Si Magallanes quería conservar su autoridad, debía reaccionar inmediatamente. Pero no hizo nada; cojeando y con las manos a la espalda desapareció en sus apartamentos del castillo de popa.

Al día siguiente, Juan de Cartagena lo desafió de nuevo de la misma manera.

Y el día después.

Y el otro.

Y el otro.

* * *

Magallanes ordenó a los cuatro capitanes que se reunieran en el *Trinidad*.

La razón oficial era que un marino del *Victoria*, acusado de violencia contra un grumete, debía ser juzgado.

Acostado en su litera, con la puerta de su camarote abierta, ordenó a los capitanes que entraran uno a uno en sus apartamentos. Primero, Serrano del *Santiago*, después Mendoza del *Victoria*, Quesada del *Concepción* y, por fin, Cartagena del *San Antonio*.

Curiosamente, Magallanes dejó la puerta entreabierta, lo que me permitió oír sus discusiones con toda discreción.

Los cinco hombres comenzaron por decidir rápidamente la suerte del marino acusado de actos de violencia: le pondrían grilletes hasta la llegada a las Américas.

—¡¿A las Américas?! —exclamó una voz que no era la de Magallanes—. Con relación a esto, en tanto que coalmirante...

Se trataba de Cartagena. Yo sabía que Carlos V le había conferido ese título, el mismo que a Magallanes. Pero sus funciones en la expedición eran diferentes: debía controlar los gastos y dar cuenta de ello al soberano.

—... en tanto que coalmirante, desearía que nos tuvierais informado de vuestras decisiones. La de ir hacia el sur, que habéis tomado solo, nos ha obligado a afrontar muchos momentos de tempestad y de calma chicha. Los capitanes de los demás navíos y yo mismo...

Cartagena hablaba en nombre de todos. Los cuatro capitanes españoles se habían puesto de acuerdo antes de la reunión con el capitán general portugués.

—Los capitanes y yo mismo deseamos que, en adelante, nos consultéis antes de tomar decisiones...

–¡Jamás! –vociferó Magallanes–. ¡No tengo que daros ninguna explicación! ¡No debéis ocuparos de la navegación, contentaos con seguir a mi navío! No tengo que rendir cuentas a nadie...

A pesar de mi fidelidad al portugués, no entendía su actitud. Los demás capitanes tenían razón al querer estar informados y me parece que estaban en su derecho. Aunque a Magallanes no le gustara hablar, les debía de haber explicado sus decisiones.

–No tengo que rendirle cuentas, señor Cartagena. Vos, sí. ¿Por qué razón no me habéis saludado estas últimas noches?

–No lo he hecho para mostraros mi desacuerdo, pero he enviado al mejor de mis hombres en mi lugar. Sin embargo, si eso no le complace, la próxima vez le enviaré a un grumete...

La confrontación, al principio contenida, era ahora brutal, frontal. Yo no veía una salida pacífica. Me preguntaba qué nos pasaría si Magallanes fuera derribado. Y qué sería de mí, pues todos sabían que le había jurado obediencia.

–¿Os negáis a saludarme? –tronó Magallanes–. ¿No queréis obedecer?

–¡Me niego a obedecer órdenes insensatas!

–¿No queréis obedecer? ¿Esto es un motín? ¡A mí la guardia! ¡A mí la guardia!

En ese momento, tres hombres que se mantenían agazapados en la oscuridad del pasillo y cuya presencia yo no había advertido hasta entonces, aparecieron súbitamente en los apartamentos de Magallanes.

–¡Prended a ese rebelde y ponedle los grilletes!

Oí ruidos de espadas que se desenvainaban, de una mesa volcada. Me pregunté si los otros tres capitanes españoles harían algo por defender a su compatriota. Pero la lucha fue muy breve y de ello deduje que no.

Poco después, pude ver a Juan de Cartagena por el pasillo con la cabeza gacha y entre dos hombres. Reconocí al maestro de armas Espinosa y a Barbosa, mi compañero de camarote.

* * *

–¿...y dónde lo habéis colocado?

Era medianoche y ni Barbosa ni yo, muy excitados por los acontecimientos que habían tenido lugar aquella tarde, lográbamos dormir.

–En la bodega del *Victoria*.

–¿Por qué en el *Victoria* y no aquí, en el *Trinidad*?

–Es lo que quería hacer Magallanes al principio. Pero los demás capitanes españoles, después de haberle jurado obediencia, le han explicado que Cartagena era un grande de España, un noble, y que un noble en manos de un portugués sería mal visto por los marinos españoles. Para calmar las tensiones, Magallanes ha aceptado que Cartagena esté detenido en el *Victoria*.

–¿No se arriesga a que se rebele de nuevo?

–No lo creo. Los oficiales y los marineros han comprendido quién manda a bordo. Tras el mensaje de mi padre, Magallanes debe de haber puesto las cosas en su sitio...

–¿El mensaje recibido en las Canarias?

–Sí...

Se hizo un breve silencio.

–...no lo digáis, pero una de las misivas alertaba a Magallanes contra los capitanes españoles. No los ha escogido él; se los han impuesto las autoridades españolas. Ahora bien, mi padre sabía que estos capitanes no aceptarían jamás estar bajo las órdenes de un portugués. Aprovecharían la primera ocasión para rebelarse. Es esto lo que mi padre le decía en su carta...

Ahora comprendía mejor ciertas cosas.

El silencio de Magallanes, por ejemplo.

Y también la reunión de la tarde: una trampa tendida a los capitanes españoles para probar su fidelidad. Cartagena había caído en ella.

Entendía también mejor la presencia de mi compañero de camarote en el *Trinidad*. No tenía una función precisa, pero era portugués y de la familia de Magallanes. Éste podía contar con él en momentos duros y eso era razón suficiente para tenerlo a bordo. Lo mismo se podía decir de Alvaro de Mesquita, primo del capitán general, pronto nombrado capitán del *San Antonio*, y de otros varios portugueses fieles.

Pero quedaban zonas de sombra.

–Y la segunda carta, ¿qué dice?

–No os lo puedo revelar...

–Pero vamos a las Américas y después a las islas de las Especias ¿no es cierto?

–Sí, claro, ¿pero a qué viene esta pregunta?

No todo quedaba claro. ¿Por qué íbamos tan lejos hacia el sur si la ruta habitual para las Américas era el oeste? ¿Había optado Magallanes por esta ruta a causa de la segunda carta? ¿Qué podía contener, pues, esa misteriosa misiva?

De momento, yo no sabría nada más sobre eso.

* * *

Bien pronto olvidaría todos estos interrogantes; bien pronto pusimos rumbo hacia el oeste, hacia América.

Capítulo cuatro

Escala en Brasil
Los marineros se lo pasan en grande
Magallanes bajo otro prisma

*D*espués de cruzar la línea equinoccial, perdimos de vista la estrella polar y atravesamos el mar océano hacia el oeste hasta una tierra llamada Brasil, que está veinticuatro grados y medio por encima del cielo antártico. En este lugar, conseguimos víveres frescos, como gallinas y carne de ternera, así como diversos frutos llamados patatas y piña dulce.

En dicha tierra hay abundancia de todo. Está cubierta de un número infinito de árboles verdes y muy altos que nunca pierden sus hojas, que desprenden los más dulces perfumes y producen variados frutos, agradables al gusto y saludables para el cuerpo. Los campos producen hierbas, flores y numerosas raíces azucaradas.

Este delicioso país es más grande que Francia, España e Italia juntas. Es una de las tierras que el rey de Portugal ha conquistado. *Se dice que la habitan indios que comen carne humana. Sin embargo, no se comen de una vez a todo hombre que atrapan, sino trozo a trozo. Por miedo a que se estropee, lo cortan a pedazos, que ponen a secar en la chimenea, y todos los días cortan un trocito y se lo comen para acordarse de sus enemigos.*

El 13 de diciembre del año 1519, día de Santa Lucía, entramos en el puerto de Río de Janeiro.

* * *

Desde que penetramos en la bahía de Río de Janeiro estuvo lloviendo.

Magallanes se sintió aliviado al ver que no había allí ningún otro navío. Como dicha región pertenece a Portugal y este país está muy resentido porque el capitán general se ha pasado a España, nos hubiera preocupado que navíos portugueses hubieran fondeado en el puerto.

Cuando nos detuvimos, echadas ya las anclas y las velas replegadas, una multitud de hombres y mujeres desnudos llegaron a nado a recibirnos.

Vi con inquietud que escalaban el casco e invadían la cubierta. Pero no tenían pinta de querer comernos: inspeccionaron las naves y todo lo que encontraron en ellas, sonriendo y hablando en su lengua. Eran bajitos, casi una cabeza menos que nosotros, pero no tenían miedo.

No se les veía ni un pelo en todo el cuerpo. Su piel, de color rojizo, estaba pintada a fuego. Casi todos los salvajes de esta región, excepto las mujeres y los niños, llevan tres agujeros en el labio inferior de los que penden piedrecitas redondas de alrededor de un dedo de largas.

Lanzamos nuestras chalupas al mar y fuimos a ver sus aldeas. Viven en casas largas y duermen en mallas de algodón que llaman en su lengua *hamac*. Atan estas redes a gruesos troncos de madera y van de un lado a otro de su casa. Para calentarse hacen fuego directamente bajo su lecho.

Los hombres tienen barcas llamadas *canoë* en las que caben treinta o cuarenta personas. Las fabrican de una sola pieza a partir de un árbol, pero sin instrumentos de hierro, pues no los tienen. Ahuecan y pulen el tronco con útiles de piedra.

Estas gentes hacen pan redondo con la médula de ciertos árboles. Se parece al queso fresco pero no está bueno. También poseen cerdos y grandes aves que tienen el pico como una cuchara. Las mujeres llevan sobre la cabeza en pequeñas cestas todo lo necesario para la comida de sus maridos.

Este pueblo es muy fuerte y muy ingenuo, como muestran los ejemplos que siguen a continuación. Pensaban que las chalupas eran los bebés de los veleros. Cuando una de ellas se acercaba, creían que era para mamar.

Hay que saber, además, que hacía dos meses que no había caído una gota en esta región, y que el día que nosotros llegamos se puso a llover. Las gentes del lugar creyeron que veníamos del cielo y que llevábamos la lluvia

con nosotros. Por esta razón nos acogieron tan amablemente.

* * *

–¡Hola, cronista, deja tu cuaderno y tu pluma y ven a
divertirte con nosotros!

Desde nuestra llegada a Río de Janeiro, mi compañero
de camarote, al igual que la mayoría de miembros de la
tripulación, había cambiado mucho.

Durante la jornada, todavía obedecían órdenes.

Desembarcaban cajas vacías y sacos llenos de anzuelos,
pequeños espejos y baratijas... Iban al encuentro de los indios y comenzaban las transacciones bajo la dirección de
João Carvalho, el piloto del *Concepción*, un portugués que
había vivido seis años en la región y que hablaba la lengua
indígena.

–¿Cuánto por esta campanita de vidrio? ¿Toda una
cesta de frutas? De acuerdo, las frutas. Y por estas tijeras
¿qué me dais? ¿Un cesto de peces? No, no es suficiente.
¡Las tijeras son de hierro! Muy raro, el hierro. Por esas tijeras quiero pescado suficiente para alimentar a diez marineros durante siete días. Y mira esa carta para jugar en
la que hay un rey. Es bonita ¿no? Por ella me tienes que
dar cinco gallinas...

Al caer la tarde, cuando el sol desaparecía detrás de las
montañas, chalupas llenas de alimentos regresaban hacia

los navíos. En dos meses nuestras reservas habían disminuido mucho y necesitábamos urgente reaprovisionamiento. ¡Doscientos cincuenta hombres comen una gran cantidad de comida!

–¿Vienes con nosotros, cronista? –insistió Duarte Barbosa.

–No, aún tengo que escribir más.

–¡Eres un majadero!

Bajó a la chalupa sin soltar palabra.

Al anochecer, después de todo el día de trabajo, los marineros volvían a tierra a celebrar una fiesta en la playa. Acodado en la borda del *Trinidad*, los miraba de lejos. Inmensos fuegos de campamento iluminaban la noche hasta la madrugada. Veía a los hombres asando carne y bebiendo el vino que habían llevado de los navíos. Reían, se divertían, voceaban canciones que hablaban de barcos y de mujeres.

Me traían a la memoria aquellos carneros que yo había contemplado en la llanura lombarda cuando era niño. Mientras el pastor y sus perros los vigilaban, permanecían agrupados, obedientes y dóciles, y todos iban en la misma dirección. Pero cuando se relajaba la vigilancia, se dispersaban y cada uno recuperaba su auténtica personalidad...

A veces, cuando habían bebido, algunos marineros se insultaban alegremente y eso degeneraba en trifulcas. Entonces se elevaban gritos sobre la playa y se oían soflamas de otros marineros. La octava noche, un hombre regresó con una profunda herida en la pierna de una mala cuchi-llada. Hernando Bustamante, el barbero que también ha-cía de dentista y cirujano, lo cosió en vivo. Por suerte, el hombre estaba tan borracho que no sentía nada.

A veces, los marinos se alejaban del fuego de campa-mento para encontrarse con mujeres indias en lugares apartados. Yo adivinaba el tipo de comercio que llevaban entre manos: ¿cuántas campanitas de vidrio, cuántas tije-ras de hierro por una noche juntos?

Varias noches me sentí tentado de ir a divertirme con Duarte Barbosa y los demás, pero no lo hice. De estas or-gías se derivaba una sorda violencia que me daba un poco de miedo. En el frescor de la noche, me preguntaba quié-nes eran más salvajes, los indios o los marineros.

* * *

–¿Qué, pensativo?

Antes de volver en mí, supe quién me interrogaba. Ha-bía reconocido sus irregulares pasos sobre la cubierta del *Trinidad*. Junto conmigo y algunos otros, era de los pocos que no tomaba parte en las fiestas nocturnas.

–Buenas noches, capitán general.

–Parecéis muy soñador. ¿En qué pensabais?

No sabía qué responderle. Estaba sorprendido de que se dirigiera a mí tan amablemente. Hasta ese momento, no le había oído expresarse más que para dar órdenes.

–Pienso en los rebaños de carneros. Cuando el pastor relaja su vigilancia, se dispersan por el campo...

Dirigió su mirada hacia los marineros que bailaban en la playa. Me había entendido lo que quería decir.

–Ya es eso, pero no exactamente... ¡No son carneros sino lobos!

–¿Lobos?

–Una manada de lobos... ¿Sabéis dónde los he reclutado? ¿Acaso lo ignoráis? Pocos marinos aceptan partir por dos años hacia lo desconocido. Para completar la tripulación, he pasado el rastrillo por el fondo del puerto, he reclutado a viejos marineros que se habían echado a perder y se habían convertido en mendigos, o ladrones que temían la cárcel, o criminales que huían de la horca... ¡Lobos de todo tipo! Y yo, para ser su jefe, aún debo ser más lobo que ellos, más astuto, más fuerte, más intransigente...

–¿Por eso les dejáis hacer esa fiesta?

–La vida en el mar es tan dura que es preciso que se diviertan un poco, que piensen en otras cosas. Pero debo ocuparme de ellos otra vez antes de que le cojan demasiado gusto a la libertad...

Pensé en mi compañero de camarote. Dos días antes, Duarte Barbosa me había hecho una proposición insensata. ¿Debía hablar de ello al capitán general?

–Y vos ¿cómo habéis llegado a ser un lobo de mar? –me contenté con preguntar.

–¿Y eso es interesante?

–Para el relato que voy escribiendo, sí.

–En ese caso... La historia es larga, pero la voy a abreviar. Nací en una familia noble portuguesa. Cuando era niño, llegué a ser paje en la corte del rey de Portugal. En Lisboa veía partir los barcos para las Indias y eso me hacía soñar. Tenía ganas de vivir aventuras. Entonces me hice marino y realicé varios viajes a las Indias...

Yo ya sabía que había hecho largos viajes, uno de ellos hasta el puerto asiático de Malaca donde había comprado a su sirviente Enrique en un mercado de esclavos...

–...luego volví a Lisboa para marchar como soldado a Marruecos. He defendido los intereses de Portugal en Azamor. Los árabes salían del desierto y nos hostigaban. Una triste herida puso fin a mi carrera como soldado...

Era muy modesto. Duarte Barbosa me había contado algo más sobre las proezas guerreras de Magallanes. Había dado pruebas de admirable valor tomando parte en los principales asaltos cuerpo a cuerpo contra el enemigo. Durante un combate, una lanza árabe le había atravesado la rodilla. Nunca se repuso de ese accidente: dieciséis años después, aún cojea.

–...volví a Lisboa donde presenté al rey de Portugal varios proyectos de expediciones marítimas. Pero él no me quería y las rechazó todas. Entonces fui a España...

–¿Y cómo se os ocurrió esta idea de llegar a las islas de las Especias por el oeste?

–Cuando era niño, tenía un amigo de mi edad en la corte de Portugal, un hermano, Francisco Serrão. Teníamos los mismos sueños y los dos partimos juntos hacia las Indias. Pero cuando yo volví a Portugal, él se quedó allí. Un día, mucho más tarde, recibí una misiva suya desgarradora. Me decía que había llegado a las islas de las Especias y que se había instalado allí. Me pedía que fuera a reunirme con él en ese maravilloso lugar. Pero no ha sido fácil convencer al rey de España. Por suerte, encontré en Sevilla a otro exilado portugués, Diogo Barbosa, que conocía bien a las autoridades marítimas españolas...

Desde la playa se elevaban gritos y cantos. Unos marineros se abrazaban a jóvenes indias y las llevaban a un bosquecillo.

–...Diogo Barbosa me hizo dos regalos: me dio en matrimonio a su hija Beatriz y a su hijo Duarte como compañero de expedición. Éste me fue muy útil el otro día, cuando los lobos enseñaron los dientes...

Duarte Barbosa.

Debía decirle cuatro palabras a Magallanes sobre lo que se proponía su cuñado. Era una traición, lo sabía, pero una traición necesaria para la continuidad de la expedición.

–Esto... a propósito de Duarte... os debo decir... Hace varias noches que no duerme en el *Trinidad*... Me ha dicho que tiene una novia india y que se ha propuesto quedarse en tierra con ella cuando parta la flotilla...

Me volví hacia el capitán general. La luna iluminaba su rostro, pero no tanto como para que yo pudiera leer sus sentimientos.

–Gracias por habérmelo advertido –me respondió sencillamente antes de regresar cojeando a sus apartamentos.

De nuevo me encontré solo en la cubierta del *Trinidad*.

Era noche avanzada y todo estaba en calma. Los fuegos de campamento se iban apagando lentamente sobre la arena. Habían cesado las canciones. Los marineros dormían, solos o en brazos de jóvenes indias.

Un mosquito zumbaba alrededor de mi cabeza.

Por un instante, me pregunté si había tenido realmente esa larga charla con el capitán general o si lo había soñado.

* * *

La respuesta a mi pregunta la tuve a la mañana siguiente.

Al amanecer, Espinosa, el maestro de armas, y varios hombres armados embarcaron en una chalupa, fueron a tierra y se trajeron por la fuerza a Duarte Barbosa.

Le pusieron los grilletes dos días, el tiempo que transcurrió hasta que la flotilla levó anclas y desplegó las velas hacia el sur de las Américas, para proseguir nuestra expedición hacia lo desconocido.

Capítulo cinco

A la búsqueda del paso
¡Vaya pájaros!
Cuando el frío aumenta, los espíritus se caldean

Los primeros días de enero del año 1520, abandonamos el mundo conocido para penetrar en un mundo difuso. Los mares sobre los que antes navegábamos, las tierras que costeábamos, las habían visto otros antes que nosotros, pero eran pocos y sus relatos, inciertos.

Ocho años antes dos carabelas portuguesas se habían aventurado por esta región. Una de ellas había regresado sana y salva a Europa y su capitán, João de Lisboa, había contado sus hazañas en un libro titulado *Nuevas de la tierra del Brasil*. Sostenía que había llegado mucho más al sur que cualquier otro antes que él y allá, completamente al sur, había descubierto, en medio de las tierras de América, un ancho brazo de agua que conducía hacia el oeste. Él se había empeñado en seguirlo pero violentas tormentas lo habían obligado a desandar el camino.

Eso había interesado muchísimo al rey de España. Si dicho brazo de agua era un estrecho que unía el océano Atlántico con el mar de la China, significaba que había una segunda ruta marítima para alcanzar las Indias –la única conocida hasta entonces era la que bordeaba África por el sur, que era monopolio de los portugueses. El rey de España había enviado una flotilla para explorar ese famoso paso. Un día, el capitán de la expedición, Juan de Solís, había embarcado en una chalupa con varios hombres para explorar ese territorio. Pero en cuanto echaron pie a tierra, una turba de indígenas se había abalanzado sobre ellos, los habían golpeado con palos, los habían asesinado, despedazado y devorado. Los asustados marineros que se habían quedado a bordo no se atrevieron a hacer nada y regresaron a España.

En adelante nos toca a nosotros descubrir adónde conduce ese paso que parte hacia el oeste.

* * *

El 10 de enero, día de san Guillermo, tras haber superado varias tempestades, avistamos con alegría e inquietud ese brazo de agua.

–¡Sondead el fondo! –ordenó Magallanes.

Los marineros del *Trinidad* fueron desenrollando un largo cabo con un peso atado a la punta, hasta que éste tocó fondo.

—¡Cien pies!

No era muy profundo pero lo suficiente para que la flotilla entrara en acción. Durante varios días, avanzamos con mucha prudencia.

—¡Subid un poco de agua! —ordenó Magallanes.

Ataron un cubo a una cuerda, lo lanzaron al agua y después lo elevaron. El capitán general sumergió un dedo, se lo llevó a la boca e hizo gestos de satisfacción: el agua era salada. Si hubiera sido dulce, hubiera significado que estábamos no en un estrecho que conducía a otro mar —y quizás a las Indias— sino en un río que llevaba a las montañas...

—¡Adelante! —gritó el capitán al piloto Estêvão Gomes.

Pronto vimos hombres en las orillas. ¿Eran los indios que habían devorado al citado Juan de Solís? Y como vale más atacar que ser atacado, un centenar de los nuestros saltaron a las chalupas con sus corazas de hierro y armados de arcabuces. Pero antes de que alcanzaran la orilla, los indígenas se habían esfumado entre la naturaleza.

Reemprendimos nuestra ruta por el brazo de agua, adivinando la discreta presencia de los caníbales detrás de los árboles.

* * *

—¡El *Trinidad*, el *San Antonio*, el *Concepción* y el *Victoria* se quedan aquí! —anunció un día Magallanes. Sólo prosigue el *Santiago* y yo tomo el mando.

Las noticias no eran nada alentadoras. La profundidad del brazo de agua disminuía. ¿Estábamos realmente en tan esperado estrecho? Para saberlo, había que seguir avanzando, pero los navíos corrían el peligro de encallar en cualquier momento, lo que hubiera sido una catástrofe.

Sólo el *Santiago*, la menor y la más ligera de nuestras naos, prosiguió la exploración. Varias veces al día, los hombres sondearon el fondo, buscaron el mejor paso entre los bancos de arena, probaron el agua. Siempre con los indios presentes, al acecho de que diéramos un paso en falso...

–¡Echad el ancla! –ordenó, por fin, Magallanes–. Pasaremos aquí la noche y mañana daremos media vuelta...

El agua cada vez era menos salada y el *Santiago* había tocado fondo. Era un río[3], no un estrecho. De nada servía ir más lejos.

Cuando el Santiago se unió al resto de la flotilla, el portugués anunció su decisión a los demás capitanes. Todos, salvo uno –el primo Mesquita, a quien Magallanes había puesto al mando del *San Antonio* en lugar del rebelde Cartagena– protestaron. A su parecer, se trataba claramente del estrecho y había que continuar la exploración.

_____

3. Este estuario, hoy llamado Río de la Plata, está formado por los ríos Paraná y Uruguay y sirve de frontera entre Argentina y Uruguay.

Pero el capitán general ya había tomado su decisión y no los escuchó; rehicimos el camino y volvimos al mar océano.

* * *

El 3 de febrero reemprendimos nuestra ruta hacia el sur, entrando definitivamente en el mundo desconocido. Si el estuario antes explorado era el descrito por João de Lisboa, eso significaba que, en lo sucesivo, estábamos llegando más al sur que él. Nadie había visto jamás aquellas tierras que estábamos descubriendo; nadie había navegado por aquellos mares. Y por consiguiente, nadie podía decir si el famoso estrecho existía realmente. En Europa, ciertos geógrafos afirmaban que la tierra de América estaba unida a la tierra antártica sin ningún paso entre ellas.

¿Poseía nuestro capitán general un mapa secreto que indicaba lo contrario? En todo caso, él callaba. Se había convertido en un lobo silencioso y severo, muy lejos del hombre expresivo que yo había conocido en Río de Janeiro una noche de luna llena.

Intenté preguntar a mi compañero de camarote sobre lo que sabía, pero permaneció mudo. Estaba resentido contra mí por haberlo traicionado.

Yo seguía en la más negra ignorancia.

Y como yo, el resto de la tripulación, incluidos los capitanes.

Sólo sabíamos que íbamos costeando América y que la navegación se hacía muy peligrosa. Para estar seguros de no pasar por alto el hipotético estrecho, el capitán general había ordenado navegar lo más cerca posible de las costas.

Un vigía, apostado en lo alto del palo mayor, oteaba las montañas, las colinas, las bahías, los entrantes de tierra, a la búsqueda del menor brazo de agua que apuntara hacia el oeste. También debía vigilar los fondos poco profundos y las rocas que afloraban bajo el mar y que habrían cortado el casco de los navíos como la cuchilla de una navaja de afeitar.

Cada marino, cada aprendiz, cada grumete estaba alerta sobre la cubierta, presto a escalar los mástiles y a replegar las velas para evitar que un mal golpe de viento nos lanzara contra los acantilados.

Cada noche, para no pasarnos el estrecho, echábamos anclas y esperábamos, impacientes e inquietos, a ver qué nos deparaba el día siguiente.

* * *

Más de una vez nos sorprendieron las tormentas, que desgarraban las velas e intentaban quebrar los mástiles, arrancar las anclas, estrellarnos contra los acantilados, transformar las naves en un caos de maderas hechas añicos, jarcias rotas, vergas destrozadas; y nosotros, minúsculos hombres aturdidos, tratábamos de luchar con nuestros pobres medios, procurando resguardarnos en una bahía protegida de los vientos, salvar lo que se podía, para finalmente encerrarnos en la bodega o en el castillo y pedir socorro a Dios y sus santos.

Pero siempre salimos del apuro.

* * *

Más de una vez, nos devolvió la esperanza un amplio golfo, una bahía prometedora que se abría hacia el oeste, en la que nos adentrábamos echando las sondas, probando el agua, enviando uno o varios navíos de reconocimiento, mientras los demás esperaban pacientemente o acechaban ansiosos, a su regreso, un resultado positivo, un disparo de bombarda o una bandera desplegada que habría indicado el descubrimiento del paso hacia el oeste. Pero no se producía ningún signo, no era más que un simple golfo, o el estuario de un río, o una bahía.

Contrariados, volvíamos a seguir nuestra ruta.

* * *

Y había que contar con el frío.

Yo no trabajaba sobre el puente y no lo sufría mucho.

Pero para los marineros era terrible.

Hacía tiempo que habíamos abandonado las cálidas regiones tropicales por zonas tristes y heladas. Y como estábamos en la mitad sur del mundo, donde las estaciones están invertidas, el mes de marzo no anunciaba el fin del invierno sino, por el contrario, su inexorable cercanía. El sol, sin fuerza y a menudo velado, salía cada vez más tarde y se ocultaba antes, sin llegar a calentarnos.

–Decid, señor, ¿por qué vamos hacia el frío? ¿No debía hacer calor en las islas de las Especias?

Mi amigo Juan, el grumete desdentado, tiritaba con su cubo de agua en la mano. Había cambiado mucho desde nuestra partida de España, hacía seis meses. Su mentón se había poblado de pelo y su voz había mudado. Podía comenzar una frase con su nueva voz grave y a menudo, en la mitad de la misma, una o dos sílabas silbaban como un chirrido de sierra. También había adelgazado, agotado por el extenuante trabajo, el frío, la humedad, la pobre alimentación. Sus manos estaban cubiertas de purulentos abscesos, que el agua salada debía hacer muy dolorosos.

–Sí –respondí para darle seguridad–, en las islas a las que vamos hace calor. Pero para llegar a ellas hay que pasar por un estrecho que se encuentra un poco más al sur.

Era una gran mentira. Yo no sabía nada. E ignoraba si el mismo Magallanes lo sabía.

–Los marineros dicen que el capitán general no sabe adónde va.

–¡Tonterías! ¡Él sabe perfectamente adónde vamos!

–¿Por qué no volvemos a Río para el invierno? Allí hacía calor y había comida...

El pobre pilluelo estaba al borde de las lágrimas, un poco más de agua salada a punto de caer en su cubo.

–¿Confías en mí? –le pregunté con firmeza–. Te aseguro que encontraremos un paso hacia las islas un poco más al sur. ¿Me crees?

–...bueno... sí...

Decía «sí» con la boca pero no con los ojos.

No lo creía.

Y los demás grumetes tampoco lo creían.

Ni los aprendices.

Ni los marineros.

Ni los oficiales.

Ni los mismos capitanes.

¿Existía de verdad ese estrecho hacia el oeste?

A veces, yo también lo dudaba.

* * *

Un día, olvidamos nuestras preocupaciones durante algunas horas, divertidos por extraños animales que parecían salidos de un cuento fantástico.

En dos islas próximas a la costa, hay una especie de gansos cubiertos de plumas negras por todo el cuerpo. Son muy gordos y tienen el pico como un cuervo. No vuelan y viven de los peces que atrapan en el mar. En tierra, esos gansos son muy torpes. Es muy divertido verlos.

En estas islas hay también animales del tamaño y la corpulencia de los terneros, con la cabeza como éstos y las orejas pequeñas y redondas. Cuentan con enormes dientes, pero no tienen patas y los pies están unidos al cuerpo. Éstos se parecen a las manos de un hombre, con pequeñas uñas y una membrana entre los dedos, como los patos. Si estas bestias pudieran correr, sin duda serían muy peligrosas, pero sólo se mueven bien en el agua, donde nadan y se alimentan de peces.

Como estos animales[4] no tienen miedo a los hombres, pudimos matar muchos y llevar la carne a las naves.

* * *

Pero la situación empeoraba. Día tras día, esperanza frustrada tras esperanza frustrada, los marineros refunfuñaban y enseñaban los dientes.

Yo los veía en cubierta en pequeños grupos, entre murmuraciones cuyo contenido suponía pues las había escuchado ya durante la travesía del océano Atlántico.

–El portugués nos lleva a la muerte...

–No podemos ir al matadero como carneros...

–¡Exijamos el regreso al Brasil!

Cada vez tardaban más en obedecer al contramaestre, que a menudo debía repetir las órdenes dos o tres veces.

4. Estos animales eran los pingüinos y las focas.

Pero a él mismo le faltaba convicción y parecía que no creía en las órdenes que daba.

En los demás navíos, los capitanes españoles no hacían nada por aplacar los ánimos. Al contrario, amargados por el arresto de Cartagena y por el silencio de Magallanes, parecía que estaban de acuerdo con la tripulación.

Al notar que crecía la revuelta, el capitán general nos reunió una noche en cubierta, subió al castillo de popa y tomó la palabra. No era un ejercicio fácil para un hombre silencioso como él.

–He oído muchas cosas últimanente –clamó.

Con su barba negra y su vozarrón, era un lobo, un viejo lobo que intentaba conservar alguna autoridad sobre la manada.

–Algunos querrían que rehiciéramos el camino, que abandonáramos la misión que nos ha confiado el rey de España. Estoy muy sorprendido. Pensaba que tenía conmigo a los mejores marineros, los de más coraje, los más valientes. ¿Algunos querrían renunciar al viaje? Sin duda los más débiles, los más miedosos, pero deben de ser muy pocos. ¿O me equivoco?

La mirada de Magallanes barrió la tripulación, buscando el contacto directo con cada hombre. Si alguno miraba a otra parte, el capitán general se detenía sobre él hasta que levantaba los ojos. Cuando me tocó a mí, no logré evitar bajar la cabeza.

–Pasamos un momento difícil. Tenemos hambre, frío, nos duelen las manos, nuestras caras están heladas. ¿Pero el frío va a decidir por nosotros? Si ahora renunciamos, ¿qué diremos a nuestro regreso a España? ¿Que hemos abandonado a causa de algunos sabañones?

Los hombres no sabían si habían de bajar la cabeza para decir que sí o para decir que no. Se veían de regreso a España, avergonzados de haber sido tan cobardes, e incapaces de contar sus aventuras en las tabernas por miedo a las burlas.

–El rey Carlos nos ha confiado una gloriosa misión: llegar a las islas de las Especias en su nombre. El estrecho que buscamos, os lo repito, se encuentra un poco más al sur. Si no lo logramos, serán los portugueses los que lo hagan en una próxima expedición. ¿Es eso lo que queréis? Prefiero morir antes que renunciar. Sé que muchos de vosotros me apoyáis. Nuestro viaje es difícil, pero si conseguimos nuestro objetivo, el rey nos recompensará a la altura de nuestros sufrimientos. ¡Oro y especias para todos!

Los rostros de la multitud se relajaron. Algunos echaron una discreta ojeada a su vecino para saber lo que pensaba.

–Tal vez os parecerá que no os escucho... ¡Os equivocáis! ¡Decidme qué queréis y lo haremos! ¿Queréis que renunciemos a las riquezas que nos esperan y que volvamos con las manos vacías a España? ¿Eso es lo que queréis? ¡Decídmelo!

Un ruido confuso se elevó de la cubierta. Después, frases inarticuladas emergieron cada vez más limpiamente.

—No... sigamos... ¡Adelante!

—Vamos, pues, a continuar. ¡Sabía que podía confiar en vosotros!

Magallanes regresó a sus apartamentos. Quedaba como jefe de la manada al menos por un tiempo.

* * *

La calma sólo duró algunos días.

Pronto resurgieron las quejas, las murmuraciones y el rechinar de dientes. Pero el capitán general había ganado la apuesta. Estábamos demasiado al sur para poder dar media vuelta, el otoño iba muy avanzado, era demasiado tarde.

No nos quedaba otra solución que buscar una bahía al abrigo de los vientos para pasar allí el invierno.

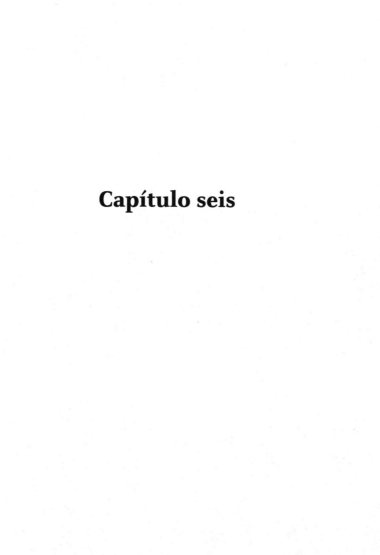

Capítulo seis

El gran motín
La astucia del capitán
Un castigo ejemplar

*S*ábado, 31 de marzo de 1520.

Escribo a la luz de una vela en mi camarote.

Fuera, la noche es fría y pasan cosas extrañas, curiosos intercambios entre los navíos. El capitán general está en el puente observándolas.

Todo ha empezado esta mañana.

La llegada a la bahía San Julián –la hemos bautizado así porque es el santo del día– fue lúgubre.

Dos inmensos acantilados grises, más elevados que el más alto de los mástiles del Trinidad, *protegen su entrada. Nos ponemos manos a la obra, los marineros toman muchas precauciones para no tocar una roca. Superada la entrada, la bahía se ensancha hasta alcanzar la media legua. Allí no hay acantilados sino playas de guijarros más allá de las cuales se extiende una raquítica vegetación y*

después bosques. Por temor a la presencia de caníbales, hemos explorado la costa pero no hemos descubierto huellas humanas. Después de una legua y media de navegación, la bahía se vuelve a cerrar. Al fondo no hay ni río ni abertura al mar; sólo se puede escapar por la entrada bordeada de acantilados.

El capitán general ha inspeccionado la bahía y después ha ordenado a los cinco navíos echar el ancla. «Aquí, ha anunciado, pasaremos el invierno». Los marineros se han sorprendido de esta lóbrega elección. Esperaban que subiéramos más hacia el norte, a regiones más cálidas.

El capitán ha añadido que, ya que la región ofrece pocos recursos, pasaremos el invierno con nuestras reservas. A partir de hoy, pues, las raciones se recortan.

Con este anuncio, yo esperaba que los marineros, molestos por el sesgo que tomaba el viaje, se rebelaran. Pero no ha pasado nada. Creo que le tienen mucho miedo al capitán general. Yo mismo le temería si no me hubiera desvelado un día otra faceta de su personalidad.

Esta noche el Trinidad *está en calma.*

Los demás navíos también.

Sólo unas chalupas con un puñado de hombres a bordo van y vienen entre el Victoria*, el* Concepción *y el* Santiago*.*

El capitán general los observa desde el puente.

Yo me pregunto qué es lo que se está tramando.

* * *

Domingo, 1 de abril, día de Pascua.

Hoy no ha pasado nada.

O más exactamente: no ha sucedido lo que tenía que haber sucedido.

Esta mañana, misa de Pascua en tierra.

El capitán general ha convidado a cenar a su mesa a los capitanes de los demás navíos para rebajar la tensión y para mostrarles sus buenas intenciones.

Desde mi camarote he observado los preparativos de la comida. Los grumetes han colocado platos y cubiletes de plata en la mesa. Después han llevado el vino. El menú, estofado de oca.

Álvaro de Mesquita, el fiel primo de Magallanes, nombrado capitán del San Antonio *en sustitución del rebelde Cartagena, ha llegado a la hora de la comida.*

Pero los demás capitanes se han retrasado.

Los dos hombres han discutido. Tras largos minutos, he oído el paso irregular de Magallanes. Daba vueltas alrededor de la mesa preparada. ¿Qué podían estar haciendo los demás?

Varias veces ha enviado a cubierta a su servidor Enrique a ver si llegaban las chalupas. Nada.

Después de media hora, Magallanes se ha puesto a despotricar en portugués contra los capitanes españoles y contra su falta de educación, pues no se habían excusado. Después ha ordenado que les sirvieran la comida a Mesquita y a él.

Después ya no he oído ni una palabra ni ningún otro ruido que el tintineo de los platos y los cubiletes.

Esta noche el capitán general se ha encerrado en su camarote solo y furioso.

Fuera, se ha reanudado el ir y venir de las chalupas entre el Victoria, el Concepción y el Santiago.

* * *

Lunes, 2 de abril.

Esta mañana, calma chicha en la bahía, casi demasiada calma, como antes de una tempestad.

Ni una ola. Una capa de bruma cubre el mar. Las naves parece que estén posadas sobre un lienzo.

Generalmente, los días sin viento, se elevan las voces y se oyen las órdenes dadas a gritos en los otros navíos, aunque los separen muchas brazas.

Pero esta mañana reina el silencio.

A bordo del Trinidad, los marinos se miran, extrañados. Pasa algo anormal.

El capitán general, inquieto, permanece en cubierta.

* * *

El mismo día, dos horas después de salir el sol.

Duarte Barbosa y cuatro hombres han bajado a una chalupa. Magallanes quiere saber lo que pasa en los demás *navíos. La chalupa se dirige hacia el* San Antonio, *mandado por Mesquita.*

Esperamos su regreso.

* * *

Media hora más tarde.

La chalupa ha vuelto. Barbosa, normalmente alegre y parlanchín, estaba muy silencioso. Ha solicitado ver a Magallanes a solas. Ahora están metidos en el camarote del capitán general. Por lo que puedo captar, las noticias son malas. Mientras la chalupa de Barbosa se ha acercado al San Antonio, *han aparecido tres hombres a los que no se les había perdido nada a bordo: Gaspar de Quesada, capitán del* Concepción, *Sebastián Elcano, contramaestre del mismo navío, y Juan de Cartagena, el antiguo capitán rebelde. Han hecho señal a la chalupa de que se fuera. Quesada ha dicho que Mesquita era su prisionero y que él ya no obedecería a Magallanes.*

Motín declarado.

Según Duarte Barbosa, han sacado las bombardas y los arcabuces de las bodegas y, durante la noche, los han instalado en cubierta. El San Antonio, *transformado en navío de guerra, está en manos de los rebeldes.*

¿Y los demás navíos?

Para saberlo, Magallanes les va a enviar la chalupa.

* * *

Mediodía.

La chalupa ha regresado.

Las noticias son peores de lo que yo pensaba.

Las tripulaciones del Victoria *y del* Concepción *también están amotinadas.*

Sólo el pequeño Santiago, *mandado por Juan Serrano, afirma que continúa fiel a Magallanes. ¿Pero por cuánto tiempo?*

A bordo del Trinidad *se ha mantenido a la tripulación al margen de los últimos acontecimientos para no darles malas ideas. Si nuestros marinos se rebelan, no daría un céntimo por la vida del capitán ni por la de quienes le son fieles, entre los que me incluyo.*

La situación es catastrófica: dos navíos con Magallanes, tres con los amotinados. Imposible imponerse por la fuerza.

El capitán general está en su camarote. De vez en cuando sale su ayudante y va a buscar a alguien. Duarte Barbosa y el maestro de armas Espinosa se han reunido con él.

Preparan algo.

Tengo un nudo en el estómago.

* * *

Lunes 2 de abril, un poco más tarde.

Retomo mi diario de a bordo en el momento en que se pone el sol. Esta tarde todo ha ido muy rápido. Intentaré contar los acontecimientos por orden.

En primer lugar, Magallanes ha ofrecido a la tripulación del Trinidad una comida bien regada. Con el estómago lleno y la cabeza que da vueltas, las ganas de echar la siesta es más fuerte que las de rebelarse.

A continuación ha enviado una chalupa al San Antonio a entregar una carta de conciliación al jefe de los rebeldes. ¿Antes que matarse entre ellos no podrían entenderse? En realidad, el objetivo de esta misiva era distraer las sospechas de los amotinados.

A media tarde Magallanes ha pasado al ataque.

La chalupa ha partido hacia el Victoria, la nave cuyos hombres parecían menos revanchistas. A bordo, cinco hombres vestidos con anchas capas de abrigo, al mando del valiente maestro de armas Espinosa.

–Venimos en plan de amistad –ha declarado a los marinos del Victoria–. Tengo una misiva que entregar a vuestro capitán. ¿Podemos subir a bordo?

Los marineros buscaron a Mendoza, su capitán, que autorizó a los hombres del Trinidad a que subieran.

–Traigo una carta del capitán general para entregaros –repitió Espinosa.

El capitán la tomó, la leyó y se echó a reír:

–Magallanes quiere que me rinda en su navío. ¡Me exige que le obedezca! ¡No ha entendido nada!

Tiró la carta sobre la cubierta y la pisoteó con desprecio.

Al instante, el maestro de armas sacó un puñal de debajo de su capa, agarró al capitán por la barba, zarandeó vio-

lentamente su cabeza y le clavó el cuchillo en el cuello. Con los ojos fuera de las órbitas y la boca sangrando, el hombre cayó sobre la cubierta agonizando.

En ese instante, una segunda chalupa llegó del Trinidad. *Quince hombres fuertemente armados y mandados por Duarte Barbosa invadieron el* Victoria.

Los amotinados, sorprendidos por la rapidez del ataque y la muerte de su capitán, no tuvieron tiempo de reaccionar. Barbosa se hizo cargo del mando del navío, ordenó que se desplegaran las velas y se levara el ancla. Los hombres sabiamente le obedecieron.

Esto es lo que más o menos ha pasado esta tarde.

En el momento en que escribo estas líneas, el Trinidad, *el* Santiago *y el* Victoria *están amarrados juntos a la entrada del puerto San Julián, bloqueando así la salida. El* San Antonio *y el* Concepción, *anclados al fondo, no pueden huir.*

¿Qué harán?

Ha caído la noche.

* * *

Martes, 3 de abril.

Todo ha terminado.

Ayer, entrada la noche, Magallanes reunió a varios marineros en su camarote. La razón no la supe hasta más tarde: buscaba a alguien que supiera nadar. Aunque parezca

curioso, pocos de los hombres embarcados son capaces de hacerlo. Yo mismo no sé nadar.

El hombre elegido se sumergió en el agua helada con un puñal a la cintura y lentamente, muy lentamente, desapareció en la noche.

Ya no supimos nada de él.

A bordo del Trinidad, *los marineros se prepararon para el ataque poniéndose sus armaduras de metal, empuñando espadas y arcabuces, poniendo a punto las bombardas cargándolas por su boca de pólvora y balas de piedra...*

Cuando el horizonte clareaba, una sombra apareció de repente ante nosotros, la silueta del Concepción. *El marinero había cumplido su misión. Había ido a nado hasta el navío rebelde y había seccionado pacientemente su ancla. Magallanes había ganado su apuesta: el* Concepción *a la deriva, arrastrado por la marea que estaba bajando, se dirigía hacia la entrada del golfo, hacia nosotros...*

–¡Fuego!

Nuestras bombardas tronaron, llovieron balas de piedra, la pólvora del cañón iluminó el amanecer.

En el navío a la deriva, nadie reaccionó. ¿Los amotinados no querían batirse? ¿No creían en su rebelión?

Magallanes embarcó en una chalupa acompañado por hombres armados.

–¿Con quién estáis? –gritó al abordar el Concepción.

No hubo ninguna respuesta. Lanzó un disparo de arcabuz y repitió:

–¿Con quién estáis?

Algunas tímidas voces respondieron:

–¡Con el rey! Con el rey y con el... capitán general Magallanes.

Los amotinados se rindieron, seguidos poco después por los del San Antonio.

Ahora todo se ha acabado.

El fiel primo Mesquita ha sido liberado, sano y salvo.

El jefe rebelde Quesada, su lugarteniente Juan Sebastián Elcano y el reincidente Cartagena han ocupado su lugar al fondo de la bodega, con los pies y manos en los grilletes.

Así van las cosas. Ayer por la mañana nuestra situación era desesperada y yo no daba un céntimo por nuestra piel. Un día y una noche más tarde, gracias a la astucia de nuestro capitán general, la flotilla estaba de nuevo unida.

Es un hombre de un grandísimo talento.

* * *

Bajo las órdenes de Magallanes, los marineros han llevado el cadáver del capitán Mendoza al Trinidad. *Han atado cuatro cuerdas a sus muñecas y a sus tobillos, y después a los tornos que sirven para izar pesadas cargas. Han accionado las manivelas, las cuerdas se han tensado, los huesos del muerto han crujido y los dos brazos y una pierna han sido arrancados.*

Los trozos han sido ensartados en una estaca clavada en una playa del puerto San Julián. Durante este inverno, todos recordarán la suerte reservada a los que desafían la autoridad del jefe.

Después ha llegado el momento de juzgar a los cuarenta hombres que habían tomado parte activa en la rebelión. Según el código del mar, todo amotinado debe ser ahorcado.

Magallanes ha designado a su primo Mesquita como juez del tribunal de inquisición. Durante varios días, éste ha escuchado a los acusados y ha reunido pruebas.

Posteriormente, un día de lluvia ha dictado su veredicto:

–Señor Gaspar de Quesada, por haber fomentado y dirigido un motín, por no haber obedecido las órdenes del capitán general, estáis condenado a muerte. Sin embargo, por ser noble, os ahorramos la humillación de la horca. Seréis decapitado.

Quesada bajó la cabeza abatido; los demás parecieron encogerse.

–Luis del Molino, habéis tomado parte como criado de Quesada en el ataque del Concepción *en el curso del cual un marinero ha resultado gravemente herido. Por estos hechos, os condenamos a muerte. Sin embargo, si lo deseáis, vuestra pena podrá ser conmutada. Salvaréis la vida si aceptáis ejecutar con vuestras propias manos a Gaspar de Quesada.*

Molino miró largo rato a su superior; esperó a que le dijeran qué debía hacer. Pero el jefe no levantó la cabeza y

dejó a su servidor solo con su conciencia. ¿Si Molino escogía la vida, podría mirarse todavía a un espejo?

–Señor Juan de Cartagena, os amotinasteis por primera vez durante la travesía del mar océano Atlántico. El capitán general os salvó la vida a condición de que no volvierais a las andadas. Habéis reincidido. Y volveréis a reincidir. No podemos confiar en vos. Ésta es nuestra sentencia: al final del invierno, cuando nuestra flotilla zarpe, os quedaréis aquí, con víveres suficientes para pasar el verano...

Vestido con sus ropas de grande de España, Cartagena no exteriorizó ningún sentimiento. El castigo era peor que una muerte rápida. Sobre esa áspera tierra, tal vez poblada de caníbales, no sobreviviría mucho tiempo. Con esa sentencia, Mesquita tal vez quería evitar que Magallanes fuera acusado del asesinato del vicealmirante. Pero el resultado era el mismo...

El cura Sánchez de la Reina, próximo a Cartagena, fue condenado al mismo castigo.

–Juan Sebastián Elcano, Antonio de Coca, Andrés de San Martín, Hernando Morales...

Mesquita desgranó la lista de los otros cuarenta acusados. Al ser pronunciado su nombre, algunos se estremecieron, como si los pelitos de la cuerda de la horca les picaran ya en el cuello.

–...por haber traicionado al rey y al capitán general, se os condena a muerte en la horca.

Algunos tosieron: la soga se había tensado.

–¡Atención! –intervino Magallanes–. En nombre del rey de España, quiero dar otra oportunidad a los hombres a quienes acaban de citar. Conmuto esas penas de muerte por trabajos forzados. Este invierno, efectuarán todas las tareas que se les ordene y así salvarán la vida.

Confusos sentimientos enturbiaron las miradas de los culpables, mezcla de reconocimiento y de angustia, ante el terrible invierno que se avecinaba. Yo sabía que Magallanes no había actuado por filantropía: al salvar a estos hombres, tendría más brazos para poner a punto los navíos y, sobre todo, la tripulación estaría al completo para seguir la expedición.

* * *

Al día siguiente, Quesada fue conducido a la cubierta del Trinidad. Toda la tripulación, desde el capitán general hasta Juan, el desdentado grumete, estaba allí. Molino, blanco como un lienzo, llegó con una espada en la mano.

Quesada se santiguó, se arrodilló en cubierta. Molino se acercó con los ojos brillantes de lágrimas.

–¡Señor, perdonadme lo que voy a hacer!

Pero Quesada no se movió, como si estuviera ya muerto.

–Señor, ¡dadme vuestro perdón!

Quesada no respondió.

Molino levantó la pesada espada por encima de sí, lo más alto que pudo, y después la descargó con todas sus fuerzas sobre el cuello de su jefe.

La cabeza de Quesada se separó de su cuerpo y rebotó dos veces sobre la cubierta.

Capítulo siete

Esperando el fin del invierno
Encuentro con unos gigantes
Sólo cuatro navíos

La cabeza de Quesada, clavada en lo alto de una pica en la playa, nos miraba, me miraba.

Un cuervo daba saltos a su alrededor, intrigado. Desplegó sus inmensas alas negras y fue a posarse sobre el cráneo; sus patas negras se confundían con los cabellos erizados del muerto. Como la cabeza oscilaba sobre la pica, el animal mantuvo las alas medio desplegadas. Varias veces se inclinó hacia delante y estuvo a punto de perder el equilibrio. Parecía interesado por algo, pero yo no sabía qué. De repente, se balanceó hacia delante, metió su pico en un ojo del muerto y se lo arrancó de un violento tirón de cabeza; se puso erguido y levantó el pico para dejar que el ojo resbalara por su garganta. El pájaro negro se lo tragó y graznó de satisfacción. Con el otro ojo hizo lo mismo.

La cabeza de Quesada, desde ese momento ciega, parecía más muerta que antes. Sólo los hirsutos pelos de la barba vibraban todavía, barridos por el viento. Pero no hacía viento; se movían solos y los labios vibraban solos. De repente la boca del decapitado se abrió y salió un aullido de ultratumba: «¡La vida es un viaje y yo he llegado a puerto!».

Me desperté sobresaltado.

Desde hacía varias semanas, la misma pesadilla atormentaba mis noches.

Transpirando grandes gotas a pesar de que el invierno se había instalado en mi camarote, tardé varios minutos en poner en orden mis ideas.

El rostro de Quesada me venía a la mente. Era la primera vez que había visto morir a un hombre. Tanto en Italia como en España, siempre había vivido en un reducto protegido, lejos de las guerras, el hambre y las muertes violentas.

En la oscuridad de mi litera, veía la cabeza separándose del tronco y rebotando sobre la cubierta. Un instante antes, aún estaba con vida, con su cuerpo intacto, sus alegrías y sus penas, sus recuerdos y su historia que le había llevado desde el vientre de su madre hasta la cubierta del *Trinidad*. Un instante después, no era nada, un cadáver sin sepultar.

«La vida es un viaje...».

Para Quesada la ruta se había detenido allí, en la lúgubre bahía de San Julián.

En el curso de esas agitadas noches, me daba cuenta de que en la vida navegamos como en el mar. Para eso, cada uno posee su propio buque: unos, una nao, otros un barco o una galera. Y todos intentamos maniobrar lo mejor que sabemos para llegar lo más lejos posible, evitar las trampas y los escollos que pondrían fin a nuestro viaje.

Yo intentaba imaginar el navío de cada uno.

El de Magallanes era, estaba seguro, una gran nao, sólida e insumergible, empujada por el viento de los descubrimientos y la gloria. Ese poderoso soplo lo había llevado a dejar Portugal, a preparar aquella dura expedición, a vencer tempestades y motines, y a buscar infatigablemente el paso hacia las islas de las Especias, el objetivo de su viaje. Medio mes después de la llegada a San Julián, no aguantando más allí, había enviado el Santiago a explorar hacia el sur, en busca del hipotético estrecho...

Duarte Barbosa también navegaba sobre una nao, gobernada por el deseo de aventura y el placer de contar historias. Pronto tendría muchas noticias que narrar: acababa de ser nombrado por Magallanes capitán del *Victoria* en sustitución del difunto Mendoza.

¿Y a los oficiales que se habían amotinado qué viento los empujaba? Sin duda el de la ambición, las ganas de remplazar al capitán general, de mandar en su lugar.

En cuanto al común de los marineros, los imaginaba sobre sencillas chalupas, moviéndose de babor a estribor a merced de las órdenes, remando, remando, remando para mantenerse con vida a pesar del trabajo agotador. Desde la llegada a la bahía, limpiaban las naves, reparaban las velas, vaciaban las bodegas para reordenar la carga, iban a tierra a buscar madera para el fuego y agua dulce, todo en medio de un frío glacial...

¿Sobre qué tipo de navío avanzaba yo en la vida?

¿Qué fuerza me empujaba en la dirección en la que iba?

Me hubiera gustado tener una buena carabela impulsada por gloriosos vientos, pero tenía la impresión de estar sobre una balsa a la deriva a merced de los acontecimientos, sin ningún poder sobre los elementos.

* * *

Desde hacía tres semanas no teníamos noticias del *Santiago*, que había marchado a explorar. Ya empezábamos a estar impacientes. Un día, un hombre apareció sobre la playa. Era sorprendente ya que, desde nuestra llegada dos meses antes, no habíamos visto a nadie.

Esto es lo que anoté en mi cuaderno de a bordo.

La otra mañana detectamos a un gigante en la orilla del mar. Estaba casi desnudo y bailaba y cantaba y saltaba y, al cantar, se echaba arena y polvo en la cabeza. Nuestro capitán ha enviado enseguida a un marinero al que ha ordenado que cante y salte como él para calmarlo y testimoniarle nuestra amistad. El hombre del navío, un poco in-

quieto, lo ha hecho y ha conducido al gigante a una islita donde le esperaba el capitán.

Allí, el gigante ha tenido miedo y ha levantado el dedo hacia arriba, pues creía que veníamos del cielo. Era un tipo bien plantado. Tenía un amplio rostro y los ojos circundados de rojo y amarillo. Los pocos cabellos que le quedaban estaban teñidos de blanco. Armado con un arco y un carcaj de flechas de cañas, llevaba los pies cubiertos con pieles de animales en forma de zapato.

Eso hacía que sus pies pareciesen muy grandes, por lo que Magallanes le ha llamado gigante patagón[4].

Tranquilizado sobre sus intenciones pacíficas, el capitán lo ha conducido al Trinidad. Le ha llevado comida y bebida y le ha mostrado algunos objetos, entre ellos un espejo de acero. Cuando el gigante ha visto su imagen, se ha espantado mucho y ha saltado hacia atrás tirando al suelo a tres de los nuestros. Después, el capitán le ha regalado dos campanillas, un espejo, un peine y lo ha enviado a tierra, acompañado por cuatro hombres armados.

Durante ese tiempo, otros patagones habían llegado a la arenosa playa. Entre ellos había mujeres. Hemos quedado asombrados y espantados, pues ellas eran muy corpulentas y tenían unas mamas de media braza de largo.

---

4. A la región la ha bautizado como Patagonia. Patagón podría venir de *pata gao*, «gran pie» en portugués. Pero hay otras hipótesis sobre el origen de este nombre.

Una piel de animal cubría sus partes. Tenían consigo cuatro animales, los mismos con los que elaboraban sus vestidos, y que llevaban atados con una correa como se lleva a los perros.

Estos animales tienen la cabeza y las orejas grandes como las de una mula, el cuello y el cuerpo de camello, las patas de ciervo, la cola de caballo y relinchan como caballos[5]. Cuando estas gentes quieren atrapar uno de esos animales, atan una cría a un matorral. Los animales adultos vienen a jugar con el pequeño y los gigantes, ocultos tras un seto, les lanzan sus flechas y los matan.

Los patagones son amables y confiados.

Sin embargo, parece que han cambiado desde que nuestro capitán general tomó la decisión de llevar a algunos a España.

Cuatro gigantes desarmados han llegado a la playa. Hemos ido a buscarlos y los hemos conducido a la nao. ¿Pero cómo capturarlos? No estábamos tranquilos. El capitán les ha dado cuchillos, tijeras, espejos, campanillas y vidrios, de manera que han necesitado todos sus dedos para cogerlos. Después, les hemos mostrado los grilletes con sus tintineantes cadenas. A los gigantes les ha gustado verlos. El capitán les ha hecho comprender que se ponían en las muñecas. Los gigantes estaban contentos. No obstante, cuando han visto que dichos grilletes se cerraban para sujetarlos, han sentido

5. Se trata del guanaco, una especie de pequeña llama.

miedo y, comprendiendo la trampa, han aullado y han explotado de rabia, como toros. Pero ya era demasiado tarde.

El capitán ha pedido a nueve marineros que llevaran a tierra a dos de los prisioneros con las manos atadas para cambiarlos por las mujeres de los dos que quedaban a bordo. Pero al ir, uno de los patagones se ha escapado y ha corrido tan ligero que lo han perdido de vista. El otro entonces ha intentado desligarse de manera que ha habido que golpearle en la cabeza. Más tarde, los nuestros han tenido que desandar el camino, atacados por varios patagones. A uno de estos marinos lo han herido en una pierna y, a resultas de eso, ha muerto.

Como venganza, el capitán ha hecho prender fuego a las cabañas de los patagones, que se han esfumado entre la maleza.

* * *

Una mañana, dos hombres aparecieron en la orilla.

Eran más pequeños que los patagones e iban vestidos no con pieles de animales, sino con cuatro pingajos desgarrados. Detrás de su tupida barba y sus largos cabellos se adivinaban seres demacrados, extenuados, al límite de sus fuerzas.

–Son de los nuestros –gritó el vigía del *Trinidad*–. ¡Son dos marineros del *Santiago*!

¡¿Del *Santiago*?! Con el tiempo que hacía que no teníamos noticias de ellos...

Una chalupa fue enseguida a buscarlos. Estaban tan hambrientos y tan helados que no alcanzaban a pronunciar ni una palabra con sentido.

–Allá abajo... Raíces... Río... Deprisa...

El capitán general los condujo a su camarote e hizo que les sirvieran una sopa caliente. Los oficiales y yo mismo estábamos a su alrededor a la espera de explicaciones.

–Allá abajo... Los demás.... Deprisa... Raíces....

Temblaban y, al llevarse la sopa a la boca, la mitad se la derramaban por la barba.

–El río... Al sur... Sesenta millas[6] al sur... Un estrecho... El *Santiago*, el capitán Serrano, se metieron allí... Había focas, las hemos cazado, la comida... Pero era un río, no un estrecho, un río, entonces hemos partido hacia el sur y allí...

El hombre tragó un gran sorbo de humeante sopa. Su compañero de infortunio, de tosco aspecto, tomó el relevo.

–Sobre el mar océano, la peor cosa que yo he visto jamás... Y mira que he visto cosas en mi vida, soy un viejo lobo, pero como eso ¡por Dios!, jamás... Si hubiera visto otras cosas como ésa, ya no estaría aquí para contarlo...

El otro dejó su escudilla y lo interrumpió:

–Íbamos hacia el sur, cuando el viento refrescó y el mar se erizó. La nao era sacudida como una cáscara de

6. Unos 100 km.

nuez. Pero eso todavía no era nada. De repente, ráfagas de viento reventaron las velas. No había tiempo de arriarlas, era demasiado tarde. Gigantescas olas se abatieron sobre cubierta. Era el infierno, el infierno. Nos zarandeaban. Hacíamos lo que podíamos, pero sin velas, no había nada que hacer. Cada ola nos acercaba más a la costa. Íbamos a chocar contra los acantilados. Todos íbamos a morir...

–Ya os lo he dicho –empezó el otro mostrando orgulloso un cubilete de vino con un gesto que quería decir «¡más bebida!»–. Ya os lo he dicho, ¿verdad, que os lo he dicho? Todo lo que se podía hacer era rezar. Eso es lo que hicimos entonces. Y para rezar, desde que estoy en el mar me conozco a todos los santos, san Telmo, san Anselmo, san...

–Sí, sí, está bien, déjame contar... Estábamos en una situación desesperada cuando se produjo el milagro. Teníamos delante una cala entre dos acantilados. Tuvimos el tiempo justo para saltar y arrastrarnos por la arena. Un instante después, una enorme ola lanzó al *Santiago* contra las rocas. Un milagro: estábamos vivos los treinta y siete. Pero estábamos a setenta millas del puerto San Julián, sin víveres ni navío para regresar...

–¿Y por qué no lo puedo contar yo? –estalló el otro levantando su cubilete lleno–. A ver, ¿por qué no puedo contarlo yo?

–¡Porque tú no te sabes explicar, no hablas más que de ti! Estábamos, pues, a setenta millas de aquí, sin navío con el que volver. El capitán Serrano decidió que volviéramos a pie por tierra. Recuperamos todo lo que pudimos del pecio del *Santiago*, galletas, armas, leña, y nos pusimos en marcha hacia el norte. Hacía muchísimo frío, había nieve y los días sólo duraban horas. Pero había que avanzar. Después de cuatro jornadas, alcanzamos la desembocadura del río del que os he hablado antes. Tenía dos o tres millas de ancho. Para atravesarlo necesitábamos barcas, pero teníamos la madera justa para fabricar una almadía. El capitán decidió que dos hombres intentaran pasar el río en almadía, mientras los demás esperaban a que los auxiliaran. Nos escogió a nosotros dos para atravesarlo.

Su compañero, que desde hacía unos segundos parecía que reflexionaba intensamente, vació de golpe otra vez su cubilete y gritó:

–¿Y por qué no lo puedo contar yo? Yo también estaba allí, quiero contarlo...

Pero en vez de eso se calló, frunció las cejas, dejó caer ruidosamente la cabeza sobre la mesa y se durmió, ebrio de cansancio y de vino.

Su compañero lo observó un instante y después prosiguió:

–No es demasiado listo pero no es malo. Sin él, estaría muerto. Todavía me pregunto cómo logramos atravesar ese condenado río sobre nuestra balsa, remando contra corriente con simples remos... Pero lo peor ha sido cuando nos hemos puesto en marcha a este lado del río. Era horroroso. Al principio, hemos seguido a lo largo de la costa. Hemos comido marisco crudo y hemos chupado nieve. Tiritábamos, estábamos agotados. Pero caminar era siempre mejor que dormir. Las noches eran interminables: dieciséis horas tratando de conciliar el sueño. Para no morir de frío, nos apretábamos unos contra otros. Aunque no sea demasiado listo, me ha mantenido en calor...

He pensado de repente en mi idea de los barcos que flotan en la vida. Antes de escuchar las desventuras de este marino, habría jurado que su existencia avanzaba sobre una barquichuela. Y descubrí que, en sus excepcionales circunstancias, su chalupa se había metamorfoseado en una sólida nao impulsada por un poderoso instinto de supervivencia. Admiraba su coraje y me preguntaba qué habría hecho yo en su lugar: ¿Habría crecido lo suficiente para sobrevivir o me habría venido abajo?

–Caminamos once días, once. Primero hemos ido a lo largo de la costa. Cuando ésta se ha convertido en fangosas ciénagas, hemos penetrado hacia el interior, escalando colinas y montañas, sufriendo todavía más frío, comiendo aún menos: hierbas y raíces. Pero hemos llegado...

Miró a Magallanes con todo el desamparo del mundo acumulado en su mirada.

–Y ahora ¿puedo ir a acostarme?

–Sí –respondió el capitán con hermético rostro–. Esta noche dormiréis en el *Trinidad,* a la espera de que el intendente os asigne una nueva nao...

El hombre se levantó. Enrique, el criado de Magallanes, despertó a su compañero y los condujo a una litera.

El capitán general se sentó a la mesa, preocupado. Sin duda echaba cuentas. Nos quedaban cuatro navíos. ¿Eran suficientes para seguir el viaje? ¿No había sido demasiado expeditivo al enviar el *Santiago* a explorar en pleno invierno? Y además quedaban los demás supervivientes... ¿Había que enviar una nao a buscarlos con el riesgo de perderla también?

–Cuando esos dos se repongan, un equipo saldrá a la búsqueda de los supervivientes. Irán a pie por tierra. ¿Hay algún voluntario?

Se levantaron dos manos.

Quedé muy sorprendido al constatar que había una que conocía muy bien: la mía. Me había ofrecido voluntario sin pensármelo. Ignoraba por qué había hecho eso y sobre todo si sería capaz, lo que estaba por ver. Pero ya no podía bajar la mano sin hacer el ridículo...

–No, Pigafetta, tú no. Serás más útil en el *Trinidad*...

¿Qué quería decir? ¿Me creía incapaz? Me sentí un poco humillado por sus palabras... y al mismo tiempo también un poco aliviado.

A los dos días, el equipo de salvamento partía a buscar a los supervivientes y, tres semanas más tarde, regresaron todos, flacos pero vivos.

Un milagro.

Capítulo ocho

Magallanes duda
¿El descubrimiento del paso?
Sólo tres navíos

—¡O*dio...*

Acababa de comenzar el día. Un vientecillo frío soplaba desde tierra y hacía vibrar los cordajes.

–...*ayuta noy!*

Sobre el puente del *Trinidad,* los marineros se ponían en marcha. Vestidos con un chaquetón azul de abrigo, un gorro de lana calado en la cabeza, el calzón de tela hasta debajo de la rodilla, salmodiaban una canción que los ayudaba a ejecutar las más penosas tareas.

–*¡O que sorno...* –comenzaba uno de ellos.

–*...servi soy!* –respondían los demás, tirando con todas sus fuerzas del torno de mano para elevar el ancla.

Los aprendices habían subido a los mástiles y, en equilibrio sobre las vergas, desplegaban la vela mayor, la gavia mayor, el trinquete y la gavia pequeña.

123

–¡*O volevamo...*
–*...ben servir!*

Me sentía feliz de oír de nuevo aquellos cantos de los marinos. Tras cinco meses de invernada en el lúgubre puerto San Julián, este 24 de agosto reemprendíamos por fin la búsqueda del paso que lleva a las islas de las Especias.

Con mi cuaderno de notas sobre las rodillas, observaba a tres marineros tirar de la escota de la vela mayor, ese cordaje que permite orientar la vela según el viento. Ellos también parecían contentos de partir, aunque sus gestos aún eran un poco dubitativos, como embotados por la interminable escala.

Las velas se hincharon. El *Trinidad* se movió, chirrió, recuperó la vida después de tan largo sueño.

Obedeciendo las órdenes del capitán, el piloto orientó el timón para girar y la nao salió lentamente de la bahía San Julián, seguida por el *San Antonio*, el *Concepción* y el *Victoria*.

Justo antes de dejar la bahía, miré hacia atrás por última vez, hacia una islita aislada. Allá abajo, sobre la playa, distinguía dos manchas de color que se movían, agitaban los brazos. No los oía pero adivinaba que los dos puntos que se movían, cuyos nombres eran Juan de Cartagena y Sánchez de la Reina, nos suplicaban que no los dejáramos allí e imploraban piedad a Magallanes.

Por un instante me pregunté si teníamos derecho a abandonarlos. ¿Se puede sacrificar a dos hombres porque ponen en peligro la vida de los demás? Al no encontrar una respuesta satisfactoria, me metí en el camarote para no pensar más.

* * *

Jueves, 20 de septiembre de 1520. De repente, hojeando al azar las páginas de mi cuaderno, me he dado cuenta de que hace un año exacto que abandonamos tierra española.

A veces, vale más no volver sobre el pasado, pero en este caso no lo puedo evitar.

Un año.

En el plan inicial del capitán general, el viaje debía durar dos años. Uno para llegar a las islas de las Especias y otro para regresar. En circunstancias normales, en el momento en que estamos, deberíamos de estar amarrados en las islas Molucas, negociando un cargamento de clavo, aprovechando el calor del sol y devorando dulces frutas.

En lugar de eso, es invierno y, una vez más, estamos parados. Poco después de haber abandonado el puerto San Julián, nos ha sorprendido una violenta tempestad. Ha ocurrido en el mismo enclave en el que el Santiago *había embarrancado, como si la naturaleza nos prohibiera ir más lejos. Nos hemos resguardado en el estuario de un río y desde entonces esperamos.*

Desde hace tres semanas, las velas están plegadas y las anclas en el agua. Han cesado los cantos de los marineros y las naos están dormidas.

Ignoro la razón de esta prolongada escala. Quizás el capitán general cree que la estación aún no está suficientemente avanzada. O tal vez duda de la existencia de ese paso. ¿Vamos a abandonar?

Transcurrido un año desde la partida, el balance es nulo.

Me pregunto qué hacemos aquí.

A veces, vale más no hacer balances.

* * *

–¡O Dio...

–...ayuta noy!

Una mañana, después de seis semanas de estar parados, Magallanes salió de su cabina y anunció que reemprendíamos la marcha.

Hacia el sur.

No renunciaba a su sueño, pero sus dudas habían dejado marcas en los espíritus: cuando el jefe duda de sí mismo, todos dudan del jefe.

–¡O que sorno...

–...servi soy!

Los cantos de los marineros no eran tan alegres como antes, sus movimientos más torpes.

Después de tres días en el mar, el vigía instalado en lo alto del palo mayor gritó que veía un brazo de agua a estribor. Un nuevo brazo de agua. Todavía un... Fui a estribor y escruté la costa. En efecto, una bahía se abría en la tierra. Tenía una anchura de unas cinco leguas y un largo banco de arena en la orilla derecha que avanzaba hacia el mar. Un río. Estoy seguro de que es un río...

El desdentado Juan, mi amigo el grumete, no acabó la frase. Magallanes, alertado por Enrique, acababa de llegar a la cubierta. Se apoyó en un obenque y observó largo rato el brazo de agua. Yo intentaba leer en su cara un amago de sonrisa que hubiera significado «es ése, es el buen...». Pero no descubrí nada.

–¡A estribor! –ordenó.

Nos adentramos en el brazo de agua. Las ballenas varadas sobre el banco de arena, de las que no quedaban más que esqueletos blancos, me dieron la extraña impresión de que abríamos una puerta. Penetrábamos en un estrecho pasadizo que nos llevaba a un mundo desconocido e inquietante.

A uno y otro lado del paso, gigantescos glaciares de más de doscientos pies de altura formaban muros helados de colores cambiantes, del azul turquesa al azul marino. Algunos bloques se inclinaban peligrosamente hacia delante, crujían bajo los pálidos rayos del sol, rugían, amenazaban con derrumbarse y tragarnos, pobres cáscaras de nuez.

En el cielo, sobrevolaban grandes aves de presa[7].

¿Qué veían desde allá arriba? ¿Sabían adónde íbamos?

Superados dos angostos pasos, el capitán general envió al *Concepción* y al *San Antonio* a hacer un reconocimiento. Era inútil ir los cuatro para descubrir que, al fin, no era más que un río. Mientras esperábamos su regreso, una nueva tempestad más violenta que las otras se abatió sobre nosotros. Sólo nos salvaron las maniobras de Magallanes. El *Concepción* y el *San Antonio* sin duda tuvieron menos suerte que nosotros, pues tardaron en volver a aparecer.

De repente, tras cuatro días de espera, unos truenos resonaron en el cielo, que volvía a estar azul.

−¡Son cañonazos! El *San Antonio* y el *Concepción*... ¡Es la señal!

El cañonazo era la señal que anunciaba que el brazo de agua se prolongaba al menos un poco más. Aliviados, seguimos adelante. El paisaje aún se hizo más embelesador. Ya no había glaciares sino una frondosa vegetación, casi sofocante, un espeso bosque compuesto de helechos gigantes, árboles enanos barridos por el viento, tapiz de espeso musgo. Imaginaba ese lugar poblado por animales fantásticos, bestias aún nunca vistas.

Todo lo que vimos fueron improbables fuegos de campamento que iluminaban la noche a babor. Esa tierra esta-

7. Los cóndores.

ba habitada por hombres. ¿Tenían los pies vueltos hacia atrás y un ojo en mitad de la frente? ¿Comían carne humana? ¿Habían reparado en nosotros? Misterio. Pero a partir de ese momento llamamos a esa región Tierra del Fuego.

A medida que avanzábamos, teníamos la impresión de que Magallanes se agigantaba, de que el hombrecito se erguía. El paso seguía siendo profundo y el agua salada. ¿Era el estrecho? Los marineros también estaban más vivaces, más sonrientes. Y yo mismo comenzaba a creer en lo que estábamos haciendo. Varias veces, al ir a mi camarote, creí percibir un olor que ya había conocido en la mesa de nobles italianos y españoles: el perfume hechizante de la canela.

Una semana después de nuestra entrada en ese paso, Magallanes reunía a los capitanes y los oficiales de todos los navíos para conocer el estado de las reservas.

–Bajas, muy bajas –se lamentó su primo Mesquita, capitán del *San Antonio*–. Según mi intendente, tengo para alimentar a mi tripulación durante cuatro meses.

–En el *Victoria* –anunció Barbosa– todavía es peor: sólo aguantaremos tres meses.

A mi antiguo compañero de camarote, ascendido a capitán del *Victoria* tras la muerte de Mendoza, le gustaba su nuevo trabajo. Pero algunos pensaban que no daba la talla: hablaba demasiado y sus hombres no se lo tomaban en serio. Para hacerse escuchar, levantaba a menudo la voz y lanzaba juicios sin posibilidad de réplica:

–Según el libro de cuentas, faltan barriles y cajas. Ignoro lo que ha malgastado ese traidor de Mendoza...

Magallanes se volvió hacia Serrano, que había sido nombrado capitán del *Concepción* después de que encallara el *Santiago*.

–Yo estoy igual. No tenemos víveres para más de tres meses...

El capitán general bajó la cabeza hacia el libro de cuentas del *Trinidad*.

–Nosotros tenemos para aguantar tres meses. No es mucho pero debería ser suficiente. Si estamos en el estrecho, como creo, sólo nos falta atravesar un mar para llegar a las islas de las Especias. En menos de tres meses estaremos allí y podremos comprar todos los frutos y el pescado que queramos.

Echó una mirada a todos los oficiales y prosiguió:

–Mi propuesta es continuar el viaje, pero me gustaría saber vuestra opinión. ¿Qué pensáis vosotros?

Capitanes y oficiales estaban extrañados. Era la primera vez que Magallanes les preguntaba su opinión.

–Yo estoy a favor de continuar –anunció Barbosa, como era de esperar.

–Yo también –opinó Mesquita.

–Yo también.

–Y yo.

–Y yo...

–¡No, por mí no!

Las miradas se volvieron hacia el único «no». Se trataba de Estêvão Gomes, el piloto del *Trinidad,* que desde hacía algunos meses, había sido trasladado al *San Antonio,* donde secundaba desde entonces al primo Mesquita.

–¡Vaya! –dijo éste con un sofoco–. ¿Qué significa eso?

–Creo que hay que regresar a España –prosiguió Gomes–. Hemos perdido un navío y no tenemos muchos víveres. La flotilla está demasiado debilitada para alcanzar las islas. Debemos volver, anunciar el descubrimiento y organizar una nueva expedición. Es más prudente...

Mientras daba su explicación, me acordaba de lo que me había contado Duarte Barbosa al inicio de nuestro periplo: tres años antes Estêvão Gomes había propuesto a Carlos V el mismo proyecto que Magallanes en el mismo momento. Pero el rey había escogido a Magallanes, más experimentado. Estaba claro que, al proponer el regreso, Gomes esperaba dirigir la próxima expedición y llegar a ser así el que alcanzara las islas de las Especias.

Por los gestos de Magallanes, supe que pensaba lo mismo que yo.

–Vuestro punto de vista es interesante, Gomes, pero no hemos prometido al rey encontrar el estrecho sino llegar a las islas. Nos quedan suficientes hombres, víveres y naos para hacerlo, y la mayoría de los oficiales aquí reunidos desea que lo hagamos. Por tanto vamos a proseguir el viaje. ¡Podéis ir a vuestras respectivas naves!

Una vez más, retomamos nuestra ruta y, una vez más, el paisaje cambió. Durante las cien primeras millas, el estrecho había parecido un largo corredor, a veces muy ancho y otras, muy estrecho, pero un corredor. De allí en adelante se transformaba en un gigantesco laberinto formado por multitud de bahías y de canales que penetraban en tierra, a babor y estribor, unos muy cortos, mientras otros se prolongaban, se abrían oblicuamente, se bifurcaban como una lengua de serpiente. Había que reconocerlos, explorarlos, encontrar el bueno...

El paso trataba de extraviarnos, pero nosotros manteníamos la confianza. La corriente, las mareas, el agua salada, todo indicaba que habíamos descubierto el famoso estrecho y soñábamos ya con las maravillosas islas.

El 28 de octubre llegamos a una encrucijada: a babor, un brazo de agua muy amplio; a estribor, otro de igual anchura. ¿Cuál tomar? Magallanes ordenó al *San Antonio* y al *Concepción* explorar el que partía hacia el sudeste y volver a la encrucijada cinco días más tarde.

Durante este tiempo, los del *Trinidad* y el *Victoria* echamos anclas y esperamos. Pero Magallanes empezó pronto a dar vueltas sobre la cubierta, con la vista fijada en el sudoeste, hacia el segundo brazo de agua. ¿Adónde podía llevar? Incapaz de aguantar más, preparó una chalupa con hombres y víveres y les dio tres días para ir lo más lejos posible en esa dirección y volver inmediatamente.

Tres días.

Dos días.

Una sola jornada.

Creo que fue un grumete el primero que avistó la chalupa. Los hombres que había a bordo agitaban los brazos. ¿Eso significaba que...? En el *Trinidad* no nos atrevíamos a creérnoslo. El barco se acercó y, cincuenta brazas antes de llegar, oímos a los marineros que gritaban:

–¡Lo hemos visto...! ¡El estrecho se ensancha! Es tan ancho que se convierte en un mar. El mar... ¡Hemos visto el mar!

¡Habíamos encontrado el paso! No había duda, lo habíamos logrado. Hasta allí nuestro viaje se había asemejado a una marcha forzada por un túnel sin fin. De allí en adelante, veíamos el final. Si continuábamos recto íbamos a llegar a las islas de las Especias y después volveríamos a casa. ¡A nuestra casa!

En el puente del *Trinidad*, el grumete Juan saltaba de alegría con los compañeros de su edad. Los marineros se felicitaban.

–¡Ya había dicho yo que encontraríamos el paso!

Buscaba a Magallanes con la vista. Sonreía contento en el castillo de popa y, por un instante, creí percibir que una lágrima de alegría perlaba uno de sus pómulos, pero no estaba seguro porque enseguida giró la cabeza.

No quedaba más remedio que esperar al *San Antonio* y al *Concepción*.

El *Concepción* llegó al cruce con dos días de retraso.

El *San Antonio* no volvió a aparecer jamás.

–Ignoro dónde está –contó el capitán del *Concepción*–. El otro día, cuando partimos de aquí, largó todas las velas. Vos sabéis que el *San Antonio* es más rápido que el *Concepción*. No he podido seguirlo. No comprendo por qué Mesquita no nos ha esperado... Lo hemos buscado en vano durante mucho tiempo.

¿Qué mosca podía haberle picado al primo Mesquita? ¿Por qué no volvía? ¿Había encallado en una roca?

Durante varios días, inspeccionamos la vía de agua, las bahías, las calas, colocando en los lugares más visibles rótulos con pequeñas palabras que indicaban nuestra ruta, de manera que, si la nao aparecía, pudiera encontrarnos.

Pero no descubrimos nada y Magallanes consultó con despecho sobre este asunto al astrólogo del *Trinidad*.

–He medido la posición de Marte, de Venus y de Júpiter –anunció el astrólogo– y he calculado los puntos de oposición y de conjunción de los planetas y he aquí lo que he descubierto... Han ocurrido cosas terribles a bordo del *San Antonio*, señor Magallanes. Vuestro primo Mesquita ha sido hecho prisionero. Y según los astros, el forajido que ha cometido ese crimen no es otro que el piloto Estêvão Gomes. Se ha hecho con el mando de la nave y a estas horas navega hacia España...

Si el astrólogo decía la verdad, era un nuevo golpe muy duro a la expedición. El *San Antonio* era la mayor de nuestras naos, la que transportaba gran parte de nuestras reservas. ¿Los tres navíos serían suficientes para llegar a las islas de las Especias y después devolvernos a casa? ¿No era más prudente desandar el camino?

De nuevo, Magallanes consultó a los oficiales de la flotilla. Sus opiniones eran más mesuradas que antes pero acordaron unánimemente seguir con la expedición.

Magallanes anunció oficialmente la decisión:

–¡Continuamos!

Capítulo nueve

Capítulo nueve

Un océano llamado *Pacífico*
Comer ratas
El escorbuto y la muerte

El mar océano se extendía hasta perderse de vista. Sus reverberantes colores cambiaban a lo largo de la jornada, desde el negro tinta de la noche, al anaranjado de la aurora y el crepúsculo, y al azul verdoso durante el día.

Jamás vimos en este mar cabrillas sobre las olas, jamás el agua se erizó hasta formar muros infranqueables, como había sucedido tan a menudo en el océano Atlántico.

–Dios nos ha puesto mil pruebas en nuestra ruta –me dijo una mañana Magallanes con la mirada brillante, como una llama encendida–. Pero mi fe en Él no ha fallado y no me ha asaltado la duda. En adelante, nuestra flotilla está bajo su protección. Él nos ayuda y este pacífico mar es la mejor prueba de ello.

Es verdad que la naturaleza nos favorecía. Ni una tempestad en el horizonte. Bien al contrario, como subíamos hacia los trópicos, un cálido viento inflaba las velas sin flaquear ni aumentar; nuestras gentes no tenían que hacer maniobras ni plegar ninguna vela. Nuestras naos se deslizaban sin esfuerzo sobre ese océano pacífico tanto de noche como de día.

Los días se sucedían apacibles y rutinarios.

Magallanes escrutaba sin descanso el horizonte en busca de un punto, una roca, una isla. Pronto alcanzaríamos las islas de las Especias y pronto volvería a ver a su amigo de la infancia Francisco Serrão. Y yo sabía también que el rey Carlos V le había prometido en el contrato que, si descubría más de seis islas, dos se las entregaría a él y a sus hijos y su descendencia hasta el fin de los tiempos.

El capitán general buscaba febrilmente sobre la superficie del océano su fortuna venidera. Sus ojos, iluminados ya por el fervor religioso, aún brillaban más.

* * *

Los marineros mataban el tiempo en cubierta como podían. Unos jugaban a cartas o a dados, otros esculpían figuritas de madera con el filo de un cuchillo.

Yo pasaba la mayor parte de mi tiempo con el patagón. De los dos gigantes que habíamos capturado, sólo quedaba uno: el otro, al que Magallanes había colocado en el *San Antonio*, había desaparecido con dicha nao.

Un día, al bajar a la bodega para buscar galletas, pasé cerca del escondrijo donde estaba encadenado.

–*¡Oli!* –me interpeló.

Lo miré, sorprendido.

–*¿Oli?*

–*¡Oli! ¡Oli!* –insistió señalando con el dedo su escudilla.

–¿Tienes sed?

–Cogí su escudilla y la llené de agua de un barril.

–*¿Oli?* –había preguntado yo mostrando el líquido.

–*¡Oli!* –me había respondido antes de tragar.

En su lengua, *oli* significaba «agua».

Corrí muy excitado a cubierta al encuentro del capitán general. ¿Ya que el gigante siempre se había mantenido sereno y amable me sería posible subirlo algunas horas al día a la cubierta para conocerlo mejor?

Magallanes aceptó.

Desde entonces pasé mucho tiempo en su compañía. Él tenía necesidad de cambiar de aires. Desde su captura había adelgazado mucho. Nuestra alimentación no le resultaba conveniente y tosía. El aire de alta mar le haría mucho bien.

Me puse a trabajar.

Busqué un pescado seco e incliné la cabeza hacia él en un gesto que significaba: «¿cómo llamas a esto en tu lengua?». No lo entendió. Reflexioné un momento y me apoderé de un cubo de agua.

–¡*Oli!* –dije mostrándole el agua.

–¡*Oli!* ¡*Oli!* –exclamó.

Le mostré de nuevo el pescado. Me miró, escéptico, y después dijo tímidamente.

–*Hoi...*

–¿*Hoi?*

–¡*Hoi!* –repitió él mostrándome el pescado.

Sentí una profunda emoción. Me estaba comunicando con el gigante. No teníamos nada en común, pero nos entendíamos. Miré a mi alrededor: la nave, las velas, los cordajes, las poleas, los mástiles... Ninguno de esos objetos existía en la vida de los patagones. No debían de tener esos nombres. Mi cuaderno, la pluma, la tinta... No, no, no... ¡Pero sí, seguro, era muy sencillo!

–*Oli... hoi...* –repetía yo señalando de nuevo el agua y el pescado.

Saqué la lengua y la señalé con el dedo.

–*Schial* –me dijo.

Me sonreía. Eso lo divertía. Desde hacía cinco meses no había hablado con nadie y nadie le había hablado. Y de repente, se ponía a decir palabras, y volvía a ser un hombre entre los hombres. Yo estaba conmovido.

Cuando continuamos ese pequeño juego, yo anotaba en mi cuaderno:

La cabeza: *her.*

Los ojos: *ather.*

La nariz: *or.*

La boca: *xiam.*
Los dientes: *phor.*
Los cabellos: *afchiz.*

* * *

Pasaban los días pero no aparecía tierra a la vista.
Pronto ya no quedó vino en los barriles. Sólo teníamos
agua para beber, un agua amarillenta y corrompida que
apestaba de tal manera que había que beberla a pequeños
sorbos tapándose la nariz para que las náuseas no te re-
movieran las tripas.

* * *

El pobre patagón se debilitaba cada día más. El barbero–médico del *Trinidad*, a pesar de sus aceites y sus hierbas medicinales, no conseguía curarlo. ¿Acaso el gigante
no soportaba el calor tropical?

Los raros momentos en que recuperaba un poco las
fuerzas eran los de nuestras conversaciones. A la que ha-
blábamos, revivía y era una maravilla verlo. Yo tenía la
impresión de que mis palabras poseían un poder benéfico sobre él.

Después de las palabras referentes al cuerpo humano,
le hice decir en su lengua otras: pájaro, mar, comer, correr,
mirar...

Un día, cuando acababa de escribir «amarillo: *peperi*» en mi cuaderno, se apoderó de él e inspeccionó las letras. Desde hacía algún tiempo, yo sabía que estaba intrigado por esos pequeños signos.

Con pocas palabras y muchos gestos, intentaba explicarle lo que era:

–¡Escritura...! Signos para hablar en silencio... Para oír con los ojos... Escritura.

Ignorando si lo había comprendido, tomé el cuaderno y dibujé la cruz de Nuestro Señor Jesucristo. La besé con devoción.

–¡*Setebos*! –gritó el gigante, asustado–. ¡*Setebos*!

Tenía la boca torcida del susto y los ojos desorbitados, como si la cruz lo aterrorizara, como si hubiera visto al diablo.

–¡*Setebos*! –se excitó haciéndome comprender que me golpearía si besaba más la cruz.

En su lengua, *setebos* debía de designar algo terrible, quizás al mismo diablo. Yo le expliqué que, por el contrario, la cruz tenía un poder benéfico. Creo que lo comprendió. Seguidamente le entregué una cruz de verdad y, como él seguía debilitándose, se agarró a ella como a un salvavidas y se la llevó a menudo a los labios para sacar fuerzas de allí.

Yo le hablaba de Dios y de Nuestro Señor Jesucristo, y acabé por preguntarle si quería ser cristiano. Por los gestos que hizo, creí comprender que aceptaba.

Un domingo, en presencia de Magallanes y de toda la tripulación del *Trinidad*, el padre Valderrama derramó un poco de agua sobre la amplia frente del gigante y lo bautizó.

Lo llamamos Pablo.

* * *

Pasaban las semanas y sólo nos quedaban para comer galletas llenas de gusanos blancos. Las ratas habían roído lo mejor y no nos habían dejado más que un polvo manchado de orina y cagarrutas.

Las ratas. Desde hacía un tiempo, teníamos tanta hambre que devorábamos todas las que capturábamos. Algunos, como Pedro el carpintero, eran especialistas en atraparlas. Las revendía por medio escudo y contaban que se había hecho muy rico.

La pesca no daba gran cosa.

A veces, por la noche, se dejaba oír en la cubierta un repetido taconeo furtivo. Los marinos de guardia corrían a la luz de las estrellas a buscar la causa del ruido. Uno de ellos gritaba entonces «¡ya lo tengo!» antes de comerse crudo el desdichado pez volador que había aterrizado en cubierta.

* * *

Pablo el patagón se debilitó tanto que una mañana no se despertó. Me sentí muy triste, como si hubiera perdido a un amigo. Pensaba en la miserable vida que le habíamos impuesto en el *Trinidad* y me sentí un poco responsable de su muerte.

Yo insistía ante el capitán general para que tuviera una ceremonia fúnebre digna del cristiano que había llegado a ser.

Su descarnado cadáver fue colocado en una vieja vela desgarrada, lastrados los pies con una piedra y colocado sobre un tablón en equilibrio sobre el pretil que bordeaba la cubierta.

El padre Valderrama pronunció una larga oración en latín en la que rogaba a Dios que acogiera a nuestro hermano Pablo entre los suyos. Era algo muy bonito y muy digno.

Dos marineros alzaron el tablón sobre el mar. El cuerpo del patagón se deslizó y cayó al vacío. La mar se abrió para acogerlo y después se cerró con un borbotón de espuma.

Todos volvieron a sus actividades.

El patagón había desaparecido.

Sólo quedaban de él algunas palabras silenciosas en mi cuaderno y en mi corazón.

* * *

Dos meses en medio del océano Pacífico.

El sofocante calor, el hambre que retorcía las tripas, el hedor en el interior de la nave, el agua corrompida, los gorgojos, las ratas, los vestidos fétidos y andrajosos, la roña... Y sin tierra a la vista, sin esperanza.

Otros hombres cayeron pronto enfermos. Un aprendiz del *Victoria*, Domingo Gutiérrez y Catalina Gómez, comenzó a quejarse de sus encías. Eran como esponjas llenas de sangre, que crecían por arriba y por abajo hasta que el desdichado no podía comer.

Andrew de Bristol, el artillero inglés del *Trinidad*, orinaba sangre y, si apoyaba el pulgar sobre sus piernas infladas, le quedaba un morado.

Alonso de Évora se había lastimado la mano en una maniobra, y ésta no se le llegaba a cicatrizar; le salía pus de la herida y era como si su piel se separara del hueso, como si su cuerpo se pudriera vivo.

Yo, que había leído los relatos de viaje del navegante portugués Vasco de Gama, sabía de qué padecían nuestros hombres[8] y conocía de antemano la terrible suerte que nos esperaba si no encontrábamos tierra rápidamente...

Por la gracia de Nuestro Señor y de su Madre, yo todavía no padecía esa terrible enfermedad.

* * *

---

8. Esta enfermedad fue llamada más tarde escorbuto. Hoy sabemos que se debe a la falta de vitamina C. Se cura en cuanto se comen, por ejemplo, naranjas o limones. En la época de Magallanes se desconocían las causas de esta terrible enfermedad.

Pronto no tuvimos nada que comer.

Ante el apuro, trinchamos el cuero con que estaba guarnecida la verga grande para que no golpeara las jarcias. Como se había endurecido con el sol, la lluvia y el viento, lo dejamos macerar cuatro días en agua de mar y después lo pusimos al fuego y nos lo comimos.

También nos comíamos el serrín de la madera.

De esta manera lográbamos seguir vivos.

* * *

Tres meses y sin ver tierra.

¿Cómo era posible?

Un día Magallanes salió a cubierta con un puñado de mapas en las manos. Antes jamás los había visto. El contorno de las tierras, el emplazamiento de los puertos y de los bajos fondos a evitar, la posición de las tierras desconocidas constituían secretos nacionales celosamente guardados. Nadie fuera de los capitanes y los pilotos tenía acceso a ellos.

Pero ese día sobre la cubierta del *Trinidad*, el capitán general los blandió rabioso en dirección al mar infinito, como confrontándolos con la realidad.

–¡Tres mil leguas! –masculló–. Tres mil leguas desde el estrecho... ¡Señores geógrafos, vuestros mapas son falsos, hace tiempo que deberíamos estar en Asia! ¡Mirad vosotros mismos, no hay tierras...! Estáis equivocados: la

Tierra es muchísimo más grande de lo que decís. ¡Éste mar no tiene fin!

Después se calmó y volvió a sus apartamentos cojeando, procurando ser dueño de sí mismo.

¿Pero cuál era la dimensión real de la Tierra?

¿Tenía fin ese océano?

* * *

–Señor Pigafetta, vos que sois tan sabio...

Era mi amigo Juan, el desdentado grumete. El pobre pilluelo –que ya no era un muchacho pero tampoco completamente un adulto– parecía una sombra errante. No tenía más que piel sobre los huesos y andrajosos vestidos sobre la piel.

–Señor Pigafetta, ¿voy a morir?

El muchacho me tendía una mano temblorosa y cerrada. La abrió con la palma hacia arriba y vi dentro un pequeño objeto blanco. Me aproximé temeroso de haber visto bien, pero sí, lo era: un diente humano.

Lo miré y le sonreí; me miró y me sonrió.

Tenía las encías llenas de sangre y, exactamente debajo del diente que le faltaba, un segundo agujero.

–¿Voy a morir? –repitió.

Lo había alcanzado el terrible mal. Yo sabía que, cuando se comenzaba a perder dientes, era muy mala señal. Cada vez se comía menos y entonces uno se debilitaba muy pronto. El fin estaba próximo.

–¿Y por qué has de morir? –le pregunté para calmarlo–. ¿Porque tienes un diente menos? Antes perdiste otro y aún estás vivo ¿no?

–Pero el otro fue en una pelea. Ahora es la enfermedad...

–Te aseguro que esta enfermedad se acabará en cuanto lleguemos a las islas.

–¿Y eso será pronto?

–Sí

–¿Entonces no moriré?

–No.

* * *

Domingo Gutiérrez y Catalina Gómez murió el domingo 23 de diciembre de 1520. Cubrimos su cuerpo sanguinolento con un lienzo, el padre Valderrama leyó una oración y el difunto fue arrojado al mar.

Alonso de Évora murió tres días más tarde, al día siguiente de Navidad. Lo amortajamos y, después de unas palabras del sacerdote, lo lanzamos por la borda.

Tres, cinco, diez, quince marineros murieron a continuación casi uno por día. Las ceremonias cada vez fueron más breves, los cadáveres eran arrojados al mar sin amortajar, casi sin una palabra.

Todos los días otros marineros se ponían enfermos. Milagrosamente, tanto Magallanes como yo teníamos buena

salud. Para los enfermos, cada nueva muerte era insopor-
table: veían en ella su propio destino.

Si no encontrábamos rápidamente las islas, todos íbamos a morir.

* * *

–¡Tierra...! ¡Tierra...!

Incluso los que no tenían fuerzas se precipitaron a la
cubierta.

No era un espejismo: había una isla a estribor. ¡No
muy grande, pero era una isla! En ese momento no pensá-
bamos en las especias o en el oro, sino sólo en el agua cla-
ra y los frutos frescos...

Magallanes envió una chalupa que regresó una hora
más tarde.

No había posibilidad de atracar.

Ni habitantes.

Ni una fuente de agua dulce. Sólo un escollo que so-
bresalía del mar.

La terrible desilusión nos quitó las pocas fuerzas que
nos quedaban; uno de los enfermos no sobrevivió.

Retomamos la ruta y descubrimos, un poco más lejos,
otra isla parecida. Las bautizamos como «islas del Infortunio».

Por primera vez vi a nuestro capitán general realmente
desanimado. Guijarros secos, ésa era la recompensa para

quien había superado varios motines, vencido tempestades y descubierto el paso hacia el océano Pacífico.

Antes de nuestra partida de España, convencido de que pronto estaría al frente de un inmenso imperio, había redactado un testamento donde decía que si él moría, su esposa Beatriz recuperaría su dote, su esclavo Enrique recobraría la libertad y su hijo Rodrigo heredaría todos los derechos y títulos acordados con el rey Carlos V en compensación por el viaje a las islas de las Especias.

Guijarros secos, eso era todo lo que legaría a su hijo.

Si es que le dejaba algo...

Pues lo más probable era que muriéramos de hambre. Nadie sabría jamás lo que habíamos realizado y descubierto.

* * *

Una noche, cuando el hambre y la desesperación me daban retortijones en el estómago hasta impedirme dormir, me vestí y me fui a cubierta.

La luna envolvía la nao con su luz lechosa. Un suave viento hinchaba las velas. El navío se deslizaba silenciosamente sobre un océano cada vez más pacífico.

¡Qué contraste con mi angustia interior!

Un grupo de marineros velaban por la buena marcha del *Trinidad*. En la proa, uno de ellos, en equilibrio sobre el pretil, miraba el mar agarrándose con su mano derecha a un obenque.

Reconocí la endeble silueta y me acerqué.

–Buenas noches, Juan, ¿estás de guardia?

–Ah, ¿sois vos? –murmuró–. No, me toca descanso.

–¿Tú tampoco puedes dormir?

–No.

En equilibrio sobre la borda, su cuerpo se bamboleaba. Se inclinaba peligrosamente sobre el mar, asido con una sola mano a los cordajes, y después se echaba atrás.

–¿Buscas islas?

–No, espero –susurró con suficiente fuerza para que yo lo oyera–. Pero dejadme, por favor...

Entonces se inclinó hacia adelante y miró el mar allá abajo, negro como la noche.

De repente tuve el terrible presentimiento de que, si volvía a mi camarote, se arrojaría al mar.

–¿Has perdido más dientes? –le pregunté.

–No.

–Ya verás, cuando lleguemos a una isla, te curarás.

–...

–Tus sufrimientos pronto habrán acabado.

–Sí... muy pronto.

Me daba miedo. Era tan frágil... Su vida se sostenía por un hilo, por un cabo, y yo tenía la impresión de que iba a soltarlo.

–¿No quieres bajar a la cubierta?

–¿Para qué?

–Para nada... para que hablemos más cómodamente. Ya sabes, pronto llegaremos a las islas... Debes cuidarte hasta llegar allí. ¡Nuestro Señor Jesucristo quiere que luches! ¿Sabes dónde se vuelven a encontrar aquéllos que se dejan morir? En el infierno...

–¡El infierno está aquí! –dijo con voz temblorosa– dejadme solo.

Tenía razón: el infierno estaba allí. No podía haber lugar peor en la Tierra, ni en ningún otro mundo. Pero nosotros no teníamos derecho a rendirnos, debíamos cuidarnos, al menos hasta la mañana siguiente. El sol saldría tal vez sobre una isla...

–¿No tienes ganas de ver las islas de las Especias?

–Lo que quiero –sollozó– es no sufrir.

Iba a saltar. Ya no me quedaban más palabras para retenerlo.

–Eres joven, ¿sabes...? Tu vida hoy es dura, pero todavía te quedan muchas cosas bellas que vivir... ¿Sabes qué es lo más bonito en la vida de un hombre?

–...

–¿No lo sabes..? Es amar a una mujer. ¿Has amado a alguna?

–...

––Respóndeme, ¿has amado a alguna?

–...no.

–Es normal, eres joven, pero ya disfrutarás de ese día.

Es maravilloso. Es muy sencillo, nadie debería tener derecho a morir antes de haber conocido eso. ¿No tienes ganas?

–...sí.

–Vamos, siéntate en cubierta, nos veremos mejor para hablar. Quiero contarte qué dulces son las mujeres...

Dudó un momento y después se acercó a mí.

Toda la noche le hablé de las mujeres, y cuanto más me sumergía en mis recuerdos, más me olvidaba de mi propia hambre y mi propia desesperación.

Salió por fin el sol.

La campana anunció el cambio de guardia.

–Debo ir a trabajar –dijo el joven Juan, cansado pero revigorizado.

Me mostró una amplia sonrisa muy desdentada.

Aliviado, con el estómago vacío pero con la cabeza llena de recuerdos, fui a acostarme.

Capítulo diez

Capítulo III

En la otra punta del mundo
Comerciar y hacer cristianos
Cebú, la isla donde todo fue un éxito

—¡Tierra! ¡Tierra!

Recuerdo haber aguardado largo tiempo antes de creer que era verdad.

El miércoles 6 de marzo del año 1521, después de más de tres meses en el mar, apareció una pequeña isla hacia el lado del viento de mistral y otras dos tirando al ábrego.

Nos reunimos en cubierta para descubrir lo que nos esperaba. Juan no estaba allí.

—¿Has visto a Juan? —pregunté, inquieto, a un camarada.

—No... Creo que está de guardia.

Lo buscaba en cubierta, levantaba la cabeza hacia los mástiles... No estaba allí.

Las islas iban tomando forma. Descendí a la bodega, donde un pestazo a podredumbre y orina corrompida me golpeó el olfato.

–¡Juan! ¡Juan! ¿Estás ahí?

–Por aquí.

Estaba bombeando agua. El casco de madera del *Trinidad* no era impermeable. El agua del mar se filtraba sin cesar entre los tablones y había que bombearla a menudo para achicarla.

–¡Islas, Juan, islas! ¡Estamos salvados!

–¿...de verdad son islas?

–Sí, he visto una albufera azul turquesa, playas, palmeras, bosques... Allí debe de haber todos los frutos y todas las fuentes de agua que se quiera. ¡Estamos salvados, Juan, salvados! Me vuelvo arriba.

En cubierta, la tripulación se movía impaciente, muy alerta.

–¡A las espadas! –vociferó Magallanes–. ¡Cada uno su espada! ¡Pero ni un solo gesto antes de recibir órdenes!

Miraba hacia la isla y vi en el mar miles de canoas con velas triangulares que se dirigían hacia nosotros. Iban tan rápido que se hubiera dicho que volaban. ¿Amigos o enemigos?

Los indígenas se acercaron a las naos y subieron ágiles a bordo. Los hombres, completamente desnudos y bronceados, llevaban melenas hasta la cintura. No tenían armas sino bastones con una espina de pez en la punta. Las mujeres iban igualmente desnudas, con apenas una estrecha piel que les cubría sus partes. Llevaban el cuerpo y el cabello pringado de aceites.

Al principio les dejamos hacer.

Invadieron la cubierta y birlaron todo lo que pudieron: útiles de pesca, cordajes y sobre todo objetos de hierro. No era maldad; estas gentes viven en libertad y según su voluntad. No conocen la propiedad.

Pero nosotros no podíamos dejar que nos despojaran de esa manera. Por orden del capitán general, reunimos las pocas fuerzas que nos quedaban y los ahuyentamos lanzando algunas flechas sobre sus canoas.

Un marinero avisó entonces de que faltaba la chalupa del *Trinidad*: los indios la habían robado. Magallanes se enfureció, pues teníamos absoluta necesidad de ella. Al día siguiente cuarenta de los nuestros bajaron a tierra. Quemaron las cabañas de los ladrones, cogieron todos los víveres que pudieron –agua, gallinas, cerdos y frutas–, recuperaron el esquife y dispararon algunas flechas en dirección a los indios.

Cuando una flecha penetraba en el cuerpo de un indígena, la miraba, se la sacaba maravillado e inmediatamente después moría.

Matamos a siete.

Partimos enseguida.

Cuando abandonábamos las islas, que bautizamos como «islas de los Ladrones», vimos a algunas de sus mujeres que gritaban y se arrancaban los cabellos. Creo que era por amor a aquéllos a los que habíamos matado.

* * *

Estábamos de nuevo en el mar, pero las vituallas que conseguimos nos vinieron muy bien. Mi amigo Juan y la mayor parte de los enfermos repusieron fuerzas.

Sin embargo, la vida es un viaje que puede detenerse en cualquier instante. A pesar de los víveres, Andrew de Bristol murió de agotamiento el 9 de marzo.

Y yo mismo estuve a punto de morir un poco más tarde de la manera más tonta, que voy a contar ahora.

Tras una semana en el mar, descubrimos nuevas tierras. El capitán general decidió que, para mayor seguridad, descenderíamos a una isla deshabitada a recoger agua. Hizo preparar dos tiendas en la playa para que los enfermos reposaran allí, lejos de las pestilentes naos.

¿Dónde estábamos exactamente?

El lunes 18 de marzo, después de cenar, vimos un barco con nueve hombres a bordo. Magallanes ordenó que nadie se moviera ni hablara con ellos sin su autorización. Vinieron hacia nosotros mostrándose encantados de nuestra llegada. El capitán les regaló gorros rojos, espejos, peines y otras cosas. Los indígenas, viendo que Magallanes era honrado, le entregaron peces, vino de palma y dos frutos llamados cocos. Como no les quedaba nada más que darnos, nos hicieron señas con las manos de que, a los cuatro días, volverían con más alimentos.

Nosotros confiábamos en esas gentes.

El viernes siguiente, al mediodía, regresaron con dos barcos cargados de frutos: coco, naranjas dulces y vino de palma. El capitán los hizo subir a su navío y les presentó todas las muestras que llevaba, a saber, clavo, canela, pimienta, nuez moscada y macis. Parecía que reconocían esas especias y que sabían dónde crecían.

¿Habíamos llegado a las islas de las Especias?

Magallanes, muy feliz, quiso hacer honor a sus huéspedes y mostrarles su poder: ordenó a los artilleros que dispararan algunos tiros de arcabuz. Los indígenas se espantaron tanto que quisieron saltar al mar. Nos costó dios y ayuda calmarlos.

Como estábamos a punto de abandonar aquella isla, me fui a la borda de nuestra nao para pescar. Metí los pies en un cordaje mojado por la lluvia, resbalé y caí al agua sin que nadie me viera y me hundí. No sabía nadar. Después de haber sobrevivido a tantos peligros, me iba a ahogar en silencio, sin haberme despedido de nadie, sin motivo. La última cosa en la que pensaba era en mi diario de viaje, que quedaba inacabado. Magallanes sin duda lo leería. ¿No había escrito cosas que hubiera debido callar? Pero ¿qué importaba?, ya era demasiado tarde.

Cuando ya iba a tragar agua, por gracia de la Madre del Señor, atrapé un cabo de la vela mayor que pendía sobre el mar. Me agarré a él, subí a la superficie y grité tanto que vinieron a recogerme con la barca.

* * *

Volvimos a partir y, a la noche siguiente, vimos hogueras en una isla. Esperamos a que amaneciera.

Se nos acercó una barca con ocho indios a bordo y uno de ellos nos interpeló en su lengua.

De repente, alguien respondió desde el *Trinidad*. Me volví sorprendido. Era Enrique, el esclavo de Magallanes: parecía que comprendía al indio y era capaz de hablarle.

¿Cómo era posible?

Hasta ese momento, me había interesado poco por Enrique. Corpulento, de piel oscura y ojos ligeramente oblicuos, siempre a la sombra de su jefe, raramente hablaba, pero me parecía inteligente. Intentaba sintetizar lo que sabía de él: tenía unos veintiocho años y, si no me fallaba la memoria, Magallanes lo había comprado doce años antes en un mercado de la ciudad de Malaca.

Malaca, en Asia.

Eché una mirada al capitán general, que mostraba una amplia sonrisa. Habíamos entendido lo mismo. Si Enrique hablaba la lengua de aquellos indígenas, significaba que habíamos llegado a... Asia.

Habíamos abandonado Europa hacia la izquierda y, tras un largo viaje, habíamos llegado a la derecha de dicho continente. Los sabios estaban convencidos de eso, pero nosotros lo acabábamos de demostrar: ¡la Tierra es redonda! Yendo siempre en la misma dirección, se acaba por

llegar al punto de partida. ¡Enrique era el primer hombre que había dado la vuelta al mundo!

Desconocedor del momento histórico que vivía, continuaba hablando con los indios.

—Esta isla se llama Limasawa —anunció en español— y su rey es el rajá Calambu.

Ninguna de las islas de las Especias se llamaba así. Aún no habíamos llegado a nuestro destino final, pero Magallanes conservaba la sonrisa[9]. Su apuesta iba a triunfar. Pronto poseería vastos territorios y sería muy rico. ¡Nada más le haría encallar! Nuestro Señor Jesucristo había guiado sus pasos y, era bien cierto, protegía la expedición.

—Diles que me gustaría encontrarme con su rey —le rogó a Enrique.

Al día siguiente, Magallanes ofreció al rey Calambu ropa de paño rojo y anunció que quería ser su *cassi–cassi*, es decir, hermano. El rey aceptó.

Para demostrar su poder, nuestro capitán ordenó a un marinero que se pusiera una armadura de hierro y lo situó en medio de tres compañeros, que le atacaron a golpes de espada y de puñal. Al rey indígena le pareció muy extraño. Magallanes ordenó a continuación al marinero que se quitara la armadura. Le dijo al rey que un solo hombre armado de esa manera valía por cien de sus

9. Este archipiélago descubierto por Magallanes, cuya existencia aún ignoraban los europeos, será bautizado algunos años más tarde como Filipinas en honor del rey Felipe II de España.

soldados y que tenía en las naos más de ciento cincuenta como ése.

El rey reconoció que era verdad.

Envalentonado, Magallanes declaró que, si el rey tenía enemigos, iría a vencerlos en su nombre. El rey se lo agradeció y le contó que había dos islas cuyas gentes le hacían la guerra, pero que no era el momento de ir a asaltarlos.

* * *

Los días siguientes fuimos recibidos en el palacio del rey, adquirimos víveres y, como el domingo era la fiesta de Pascua, oímos misa en tierra.

Era el momento de reemprender nuestra ruta hacia las islas de las Especias. Sin embargo, como aún no teníamos víveres suficientes y el rey no podía darnos más, Magallanes le preguntó si conocía alguna isla vecina donde pudiéramos conseguir más provisiones. El rey nos habló de una isla llamada Cebú y se propuso guiarnos hacia ella.

* * *

Domingo 7 de abril, hacia el mediodía. Después de haber pasado a la altura de aldeas donde hemos visto casas construidas sobre pilotes, no sólo cabañas sino verdade-

ras viviendas, con habitantes bien alimentados y nada sorprendidos de vernos, hemos entrado en el puerto de Cebú.

Al acercarnos a la ciudad principal, el capitán general ha ordenado a todas las naves desplegar sus banderas. Hemos bajado las velas, como se hace cuando se quiere combatir, y hemos sacado toda la artillería, a la que temen mucho las gentes de estos lugares.

A continuación el capitán ha enviado un emisario acompañado por Enrique al rey de Cebú. Su palacio está construido como un granero cubierto de hojas de higuera y de palmera. Edificado sobre sólidos pilotes, se sube a él por una escala de mano. El rey, que se llama Humabón, estaba sentado en el suelo sobre una estera, rodeado de los suyos. Es un hombre bajo y grueso, el rostro pintado a fuego, completamente desnudo, si exceptuamos las piezas de ropa anudadas a su cintura y a su cabeza.

En primer lugar, Enrique ha tranquilizado al rey Humabón, espantado aún por los disparos de artillería, diciéndole que eso era una señal de paz y amistad. El rey ha preguntado qué era lo que buscábamos. El emisario le ha respondido que Magallanes era capitán del rey más importante del mundo y que, en ruta hacia las islas de las Especias, queríamos visitar aquel país y comprar alimentos frescos.

El rey ha respondido que éramos bienvenidos, pero que tienen una costumbre: que todo navío pague un tributo. Ha llamado entonces a un mercader musulmán, llegado cuatro días antes de Siam en un junco cargado de oro y esclavas. Dicho mercader ha confirmado que él había tenido que pagar tributo.

Nuestro emisario ha respondido que el rey de España era tan importante como el rey de Cebú, y que no pagaríamos ningún tributo a ningún señor. Si el rey de Cebú quería la paz, tendría paz; si quería guerra, tendría guerra.

Entonces el mercader musulmán ha hablado a Humabón en su lengua: «Vete con cuidado con lo que haces, oh rey, porque estas gentes son de los que han conquistado Calcuta, Malaca y toda la India. Si los tratas bien, te irá bien. Si los tratas mal, tanto peor para ti».

El corpulento rey ha reflexionado y ha anunciado que hablaría con sus consejeros y que respondería al día siguiente. Y a continuación ha hecho traer comida en platos de porcelana y muchas garrafas de vino.

Después de todo eso, los nuestros han regresado a las naos donde nos han contado todo lo que acabo de escribir.

* * *

Lunes, 8 de abril. Nuestros emisarios han vuelto a la ciudad de Cebú. ¡Qué cambio! El rey Humabón les ha preguntado si querían que él pagara un tributo. Ayer exigía dinero y hoy, desasosegado, se proponía entregarlo... Nuestras gentes han respondido que no, que el capitán sólo quería intercambiar mercancías.

El rey les ha dicho que estaba contento y, para testimo-
niarles su aprecio, ha dado un poco de sangre de su brazo
derecho. Los nuestros han respondido que Magallanes ha-
ría lo mismo.

* * *

Martes, 9 de abril. El sobrino del rey Humabón –que
es príncipe–, el mercader musulmán, el gobernador y va-
rios dignatarios han venido a bordo del Trinidad *a firmar*
la paz con nosotros. El capitán general estaba sentado en
una silla de terciopelo rojo, los oficiales más notables de la
expedición en sillas guarnecidas de cuero, los demás en el
suelo sobre alfombras. Enrique hacía de intérprete.

El capitán general ha hablado con fuerza y emoción de
la amistad entre el rey de España y el de Cebú, después ha
rogado a Dios que confirme esta paz en el Cielo. El príncipe
ha respondido que jamás había oído palabras tan bonitas.

Al ver a nuestros invitados receptivos, el capitán les ha
hablado de muchas buenas cosas para incitarlos a hacer-
se cristianos: les ha dicho que Dios había creado el cielo,
la tierra, el mar y todas las cosas del mundo. Ha dicho que
todos deben obedecer a su padre y a su madre, para no ser
condenados al fuego eterno. Y les ha explicado otras mu-
chas cosas sobre nuestra religión.

Nuestros invitados las han comprendido bien y le han
pedido al capitán que les dejara dos hombres para que les

enseñen la fe cristiana. El capitán ha respondido que, de momento, no podía hacerlo pero que el padre Valderrama bautizaría a los que lo desearan. Ellos han dicho que antes tenían que comentárselo a su rey y que después se harían cristianos.

Nos habíamos llenado de alegría: al convertirse, esas gentes se salvarán de las llamas del infierno.

Magallanes ha tomado la palabra para decir que no debían convertirse por miedo a nosotros o para darnos gusto, sino por amor a Dios; nosotros no les haríamos ningún mal a los que no se hicieran cristianos, ni serían mejor tratados, si se convertían.

Nuestros invitados han confirmado que querían creer en Jesucristo. El capitán los ha abrazado, ha firmado la paz y después ha hecho servir un banquete.

* * *

Miércoles, 10 de abril. He bajado a tierra con otros marineros. Nos hemos llevado mercaderías para trocarlas por víveres. Las hemos colocado en una casa. Las gentes de Cebú han quedado maravilladas con ellas y han comenzado los intercambios. Estas gentes viven con justicia y en paz. Tienen balanzas para pesar los productos y utilizan los pesos y medidas.

Sus casas, fabricadas con madera, están construidas sobre pilotes; son muy altas. Sus estancias son como las

nuestras pero debajo tienen los animales: cerdos, cabras y gallinas.

Algunas palabras de su lengua son:

«*El oro*: bolaon.

El hierro: butau.

El arroz: bughaz.

El vino: tuba, nio, nipa.

El agua: tubin.

La cabra: candia.

La gallina: monot.

Uno: uza.

Dos: dua.

Tres: tolo.

Cuatro: upat...».

* * *

Sábado, 13 de abril. El rey Humabón ha hecho instalar un estrado engalanado con tapices y ramas de palma. Mañana será bautizado. Es una gran alegría para nosotros y sobre todo para nuestro capitán. No tenemos ninguna duda de que Nuestro Señor Jesucristo vela por nosotros.

* * *

Domingo. Cuarenta de nosotros han ido a tierra, prece-
didos por dos hombres con armadura que llevaban el es-

tandarte de nuestro rey Carlos. Mientras nuestros artilleros disparaban, el capitán y el rey de Cebú se han abrazado y después han ido al estrado donde se han sentado muy contentos en sendas sillas.

El capitán ha comenzado a decir al rey a través de Enrique que, si quería ser un buen cristiano, debía quemar todas las estatuillas de los demás dioses y reemplazarlas por la cruz. Y cada día, tendrá que adorar esa cruz arrodillándose ante ella, con las manos juntas levantadas hacia el cielo. Le ha enseñado cómo hacer la señal de la cruz.

El rey Humabón y todas sus gentes han respondido que deseaban obedecer al capitán y hacer todo lo que les ordenaba.

El capitán lo ha cogido de la mano y, al bautizarlo, le ha hecho saber que, en el futuro, se llamaría Carlos, como el rey de España. Y el príncipe se llamaría Fernando, como el hermano del rey de España. Y el mercader musulmán se llamaría Cristóbal.

A continuación el padre Valderrama ha celebrado la misa.

Después de comer, el sacerdote ha bautizado a la reina y a cuarenta de sus damas.

* * *

Domingo, 21 de abril. En una semana hemos bautizado a dos mil doscientos hombres, mujeres y niños de Cebú y de *algunas otras islas. También nos hemos llegado a una isla vecina cuyas gentes no querían obedecer ni al rey ni a nosotros, hemos quemado su aldea y hemos plantado una cruz.*

* * *

Otro día el capitán general preguntó al rey por qué no quemaba las estatuillas de los dioses, como le había prometido. El soberano respondió que era por ayudar al hermano del príncipe, que estaba enfermo. Las estatuillas debían devolverle la salud.

Magallanes declaró que tenía que quemar los ídolos y creer en Jesucristo. Si el enfermo se hacía bautizar, se curaría en el acto. Si no, el capitán aceptaba que le cortaran la cabeza.

Estábamos muy nerviosos. Lo que Magallanes había dicho era una locura. Aunque Nuestro Señor Jesucristo nos protegía, no podíamos exigirle un milagro. Pero el rey respondió que él cortaría la cabeza del capitán si el enfermo no se curaba, y tuvimos que actuar.

Hicimos una larga procesión hasta la casa del enfermo, lo mejor que pudimos. Cuando lo encontramos no podía ni hablar ni moverse.

Lo bautizamos a él y a sus dos mujeres. Después el capitán le preguntó cómo se encontraba. Entonces ocurrió algo maravilloso. El hombre habló y dijo que, por la gracia de Dios, se encontraba bien. Era un auténtico milagro.

El capitán dio gracias a Dios y, los días siguientes, hizo llevar al enfermo un colchón, leche de almendras, agua de rosas y azúcar.

Hoy el hermano del príncipe vuelve a andar. Viéndose curado, ha anunciado que, si Dios le da vida, quemará cuantos ídolos de madera encuentre.

Jueves, 25 de abril. Las bodegas de las tres naos vuelven a estar llenas de alimentos. De aquí a unos días, tendremos suficientes para reemprender nuestra ruta hacia las islas de las Especias. La paz con las gentes de Cebú, el comercio, los bautizos e, incluso, un milagro, todo ha animado a Magallanes.

Pero desde hace varias noches, un pájaro muy negro y tan grande como un cuervo se pone a chillar a medianoche. A continuación, todos los perros de la ciudad ladran a la muerte. Eso dura cinco o seis horas. Algunos marineros ven en ello un mal augurio. Nadie ha podido explicarnos la razón.

Capítulo once

El último combate de Magallanes
¡Cogidos en la trampa!
Sólo dos navíos

Cuando yo era niño en Italia mi profesor de equitación me decía a menudo que los jinetes primerizos tienen menos accidentes que los experimentados porque son más prudentes. Controlan su montura mejor dos veces que una, no lanzan a galope a su caballo si no se sienten capaces, se detienen cuando tienen miedo. Los experimentados, demasiado seguros de ellos mismos, no temen a nada.

Estas sabias palabras me vuelven a la mente cuando pienso en cómo continuó nuestra expedición.

Era el 27 de abril.

Esa mañana, Zzula, uno de los señores de Mactán, isla cercana a Cebú, envió a su hijo al capitán general.

–Señor Magallanes –dijo en su lengua, que Enrique tradujo–, mi padre quería ofreceros dos cabras en testimonio de su estima. Pero Lapu Lapu, el otro señor de Mactán, no quiere obedecer al rey de España y se lo ha impedido...

El capitán se sintió muy contrariado, no tanto por las dos cabras sino por el mal ejemplo que eso daba.

–¿...os sería posible –prosiguió el joven– enviarnos algunos hombres la próxima noche para ayudarnos a combatir contra él?

Sin siquiera pensárselo, el capitán le respondió que lo haría.

Durante la tarde, varios de nosotros intentamos que se retractara de su decisión.

–Ya hemos perdido dos navíos y muchos hombres –argumentó Juan Serrano, el capitán español que había permanecido fiel a Magallanes durante el gran motín–. Nuestro objetivo es llegar a las islas de las Especias. ¿No deberíamos guardar fuerzas?

–¿Qué arriesgamos ante una pandilla de salvajes armados con lanzas de madera? –replicó secamente Magallanes–. ¿Que nos rompan un dedo meñique? ¡Tenemos armaduras y artillería!

Su cuñado Barbosa, de natural peleón, salió en defensa de Serrano.

–Yo también creo que es una batalla inútil y arriesgada. ¿Qué ganaremos? ¡Nada! Las gentes de Cebú ya nos obedecen. ¿Qué podemos perder? ¡Todo! Hombres, navíos, nuestro honor...

–¡Pero venceremos! Estamos bajo la protección de Nuestro Señor Jesucristo. En contrapartida, debemos hacer respetar su ley y ese Lapu Lapu nos desafía...

El padre Valderrama tembló por un instante y tomó tímidamente la palabra:

–Si se me permite, me pregunto si la conversión lograda a través de la paz y los regalos no es más eficaz que la conseguida por la fuerza y el fuego.

–¡Basta de palabras! Partiremos esta noche y venceremos a esos salvajes mañana al amanecer. ¡Saldremos a medianoche!

Espinosa, el maestro de armas de probado coraje, intentó una última ofensiva.

–Mi capitán, la tripulación lo necesita a vos para continuar el viaje. ¡No arriesguéis vuestra vida esta noche! ¡Autorizadme a tomar el mando de vuestros hombres armados!

–¡Jamás! ¡He combatido en la India, en Malaca y en Marruecos, y esta noche aún daré ejemplo! ¡Demostraré al rey de Cebú y al señor Zzula de qué son capaces los leones españoles! Les pediré que no intervengan. ¡Lucharemos solos!

A pesar de mi fidelidad al capitán, no sabía qué pensar de todo aquello. Era a la vez profundamente admirable y casi ridículo, gran bravura y pura locura. El capitán parecía tan seguro de sí mismo, tan invencible...

* * *

A medianoche, sesenta de los nuestros embarcaron en tres chalupas.

Detrás los seguían unas veinte *ballanghai*, barcas locales, llenas de dignatarios y guerreros de Cebú. El capitán les había pedido que no tomaran parte en la batalla, que se limitaran a mirar.

Sobre nuestras cabezas, el cielo estrellado y apacible.

Ante nosotros, Mactán, nuestro destino.

Durante el trayecto, yo verificaba nerviosamente mi armadura: el pesado coselete que protegía mi pecho y mi espalda, los quijotes para lo alto de las piernas, los espaldares para los hombros y los brazos, las correas de cuero que mantenían cada cosa en su lugar, el casco con visera, la espada, el escudo. Todo estaba en su sitio.

«Para ser noble no basta tener la sangre de gentilhombre: hacen falta gloriosas hazañas», le había declarado un día a Magallanes. Yo me había presentado voluntario para estar en primera línea.

Y ahora la preocupación era más fuerte que yo.

Mi bautismo de fuego.

Sentado junto a los arcabuces, mis compañeros apostaban, divertidos, sobre el número de salvajes que matarían; fanfarronadas para ocultar su miedo.

Tres horas antes de amanecer, llegamos a la vista de Mactán.

Magallanes ofreció una última oportunidad a Lapu Lapu. Envió al mercader musulmán a decirle: «Si aceptáis obedecer al rey de España, reconocer al rey de Cebú como vuestro señor y pagarnos un tributo, seremos amigos. Si no, probaréis la fuerza de nuestras lanzas».

Esperé ansiosamente la respuesta del jefe rebelde y, con las manos juntas, rogué a Dios que la batalla no llegara a producirse.

En las chalupas reinaba el silencio.

El mercader musulmán regresó, por fin, con el siguiente mensaje: «Nuestras lanzas están hechas de cañas quemadas y de estacas secadas al fuego. No tenemos miedo a nadie». Magallanes sonrió: estacas secas contra armaduras, ¡qué ingenuidad! Pero el mercader añadió: «Lapu Lapu desearía que esperarais a la aurora para atacar, para que reúna más guerreros».

¿Era aquello verdad o, por el contrario, era una treta para incitarnos a atacar ahora en la oscuridad y en terreno desconocido? Creímos que era una trampa y esperamos el despertar del día con las manos y los corazones oprimidos.

Yo controlaba por última vez mi coselete, mis espaldares, mis quijotes, mi casco, mi escudo, mi espada.

Cuando los primeros resplandores tiñeron el cielo, Magallanes gritó:

–¡Al asalto!

Cuarenta y nueve de nosotros saltamos al agua. Con agua hasta la cintura, estábamos a dos tiros de flecha de la orilla. Las canoas, bloqueadas por el arrecife de coral, no habían podido acercarse más. Correr sobre un suelo blando contra corriente no es fácil; y con treinta libras de armadura, espada y escudo sobre la espalda, es matador.

En la playa, ante nosotros, no se veía a ningún guerrero, sólo la selva y, a la izquierda, una aldea desierta.

Todavía un tiro de flecha hasta la orilla.

De repente, espantosos gritos, indígenas que salían de la selva. No diez, ni cien, sino mil, mil quinientos quizás. Gritando y tirando lanzas.

Y nosotros sólo éramos cuarenta y nueve ya agotados por la marcha forzada por el agua.

Los indígenas se dividieron en tres grupos, uno nos atacó de frente y los otros dos por los flancos.

−¡Separémonos en dos! −aulló Magallanes−. ¡Con Espinosa a la izquierda y conmigo a la derecha!

Yo estaba en el grupo del capitán. Nos acercamos a la playa y lanzamos flechas sobre el enemigo.

Los once hombres que habían quedado en los botes abrieron fuego con los arcabuces. Los indígenas, espantados, retrocedieron. Pero los botes estaban demasiado lejos: los proyectiles llegaban sin fuerza, incapaces de atravesar los escudos y de matar a los enemigos. Cuando éstos se dieron cuenta, dejaron de retroceder y retomaron su marcha hacia delante, voz en grito. Una lluvia de flechas se abatió sobre nuestras cabezas. Apenas podíamos movernos.

−¡El grupo de Espinosa, a la aldea! −gritó Magallanes−. ¡Guerra sin cuartel!

Se dirigieron allí y quemaron una veintena de cabañas. Pero, en lugar de atemorizarlos, eso aún los enfureció más. Redoblaron los gritos y las flechas. Tocaron a dos de los nuestros.

¡Demasiados enemigos, demasiadas flechas, demasiadas lanzas!

Los indios comprendieron que si nuestros cuerpos estaban protegidos, nuestras piernas no lo estaban, y las ponían en su punto de mira.

¡Un grito!

¡Magallanes!

Se agarraba la pierna. Una flecha se la atravesaba de parte a parte.

Demasiadas flechas, demasiados enemigos.

–¡A los botes! –gritó–. ¡Todos a los botes!

Cuarenta de nuestros hombres se dispersaron en desorden.

Yo quedé con otros siete, entre ellos Enrique, cerca del capitán. Nos lo llevábamos. Pero se debilitaba.

Un golpe sobre mi casco, un dolor en la frente. Levanté la visera. Una flecha se había clavado allí. Fluía sangre hasta mis ojos. Tenía un rasguño en la frente. No era nada grave.

Trasladar al capitán.

Retrocedíamos lentamente los nueve.

Los enemigos se acercaban, nos envolvían como una tenaza. Estaban a unos pasos de nosotros. Me abría paso a golpes de espada, herí a un indio, pero llegaban otros diez.

Un asaltante arrojó su lanza a la cara del capitán. Éste mató con la suya al asaltante. Intentó sacar la espada de su vaina. Imposible: una herida en el brazo lo paralizaba. Retrocedíamos, lentamente, entrábamos en el mar.

Al ver al capitán herido, los indios se lanzaron sobre él. Un gran venablo le atravesó la pierna derecha. Se volvió hacia nosotros.

–¡A los botes! ¡Marchad solos!

Un momento de duda. No podíamos abandonarlo.

–¡Es una orden!

Lo dejamos mientras seguía combatiendo.

Agua hasta la rodilla.

El capitán cayó al suelo con el rostro hacia delante. Se abalanzaron sobre él, lo masacraron con sus lanzas de madera secada al fuego.

Retrocedíamos, los que estaban mejor sostenían a los heridos.

Agua hasta las caderas.

Sólo entonces las *ballanghai* de los guerreros y los dignatarios de Cebú vinieron en nuestra ayuda y nos recogieron. Hasta entonces no habían hecho más que mirar la batalla, tal como les había pedido nuestro capitán.

* * *

El capitán estaba muerto.

Estirado sobre mi litera por un tiempo que no sabría cuantificar, yo dormitaba repitiendo sin cesar: «Magallanes ha muerto».

Llamaron a mi puerta.

–¡Adelante! –balbucí.

Era Hernando Bustamante, el barbero–médico, con una caja de frascos y botellitas, de tijeras y jeringuillas, de instrumentos para extraer dientes y de vendajes. Examinó la herida de mi frente. Se había hinchado.

–Sin duda una flecha envenenada –diagnosticó–. Reposad. No podéis bajar a tierra...

Tomó una hierba seca de una caja, la trituró con el mortero, la mezcló con grasa, extendió esa pomada sobre mi frente y después me vendó la cabeza.

–¿Hay muchos heridos? –le pregunté.

–Sí, muchos...

–¿y... muertos?

–Ocho. Cristovão Rebêlo, Francisco Gómez, Juan de Torres...

Transpirando gruesas gotas, fue desgranando los ocho nombres. La batalla había acabado con la desbandada.

–El rey de Cebú –prosiguió– ha propuesto a las gentes de Mactán cambiar los despojos del capitán por todas las mercancías que quieran. Ellos lo han rechazado. Han respondido que se los guardaban para su perpetua memoria...

Yo estaba aterrado: no podríamos ofrecer a nuestro capitán la cristiana sepultura que merecía.

–¿No ha pasado nada más mientras dormía?

–Sí, los oficiales han escogido a un nuevo jefe. El voto ha dado dos vencedores empatados: Duarte Barbosa y Juan Serrano.

Por lo que respecta a Serrano, era una buena noticia. El español era serio, fiable, excelente capitán. En cuanto a Barbosa, tenía más dudas. El portugués hablaba demasiado. Imaginaba que el voto debía de haber sido reñido y que no habían faltado candidatos. El piloto Carvalho y el contramaestre Elcano nunca habían ocultado sus ambiciones.

El barbero–médico se fue y me volví a adormecer. El capitán estaba muerto. Aquél al que tanto había admirado por su inteligencia y su prudencia había perecido por exceso de confianza. Un solo paso en falso, y aquello fue su muerte. La vida es un viaje que se puede detener en cualquier instante.

–¡...Estoy herido y no iré!

La voz, casi un grito, venía del camarote del capitán.

–¡Soy libre! ¡No tengo por qué obedeceros!

Reconocí el acento de Enrique. Me acuerdo de que Magallanes había escrito en su testamento que, a su muerte, su esclavo recobraría la libertad. Enrique, por lo tanto, era libre. Pero ¿por qué gritaba?

–¡No, tú no eres libre! –se alzó una voz, la de Barbosa–. En España servirás a Beatriz, la viuda de tu jefe. Y a la espera de eso, sigues siendo nuestro intérprete. Te ordeno que vayas a tierra a comunicar al rey de Cebú nuestra marcha.

Barbosa no había tardado en tomar actitudes de jefe.

–¡Estoy herido y soy libre, no iré!

–¡Harás lo que yo te diga! –aulló mi antiguo compañero de camarote–. ¡Si no, te pondré los grilletes!

Hubo un largo silencio. Yo me preguntaba qué era lo que estaba pasando.

Oí que se abría la puerta del capitán y que alguien salía.

* * *

Hay imágenes que no se olvidan.

El miércoles 1 de mayo, veintinueve marineros bajaron a tierra para un banquete de despedida.

La invitación había llegado por medio de Enrique. Después de la disputa con Barbosa, finalmente había obedecido y había ido a ver al rey de Cebú para comunicarle nuestra partida. El rey había declarado que organizaría un gran banquete en nuestro honor, durante el cual nos entregaría los regalos prometidos a Magallanes.

Ese miércoles primero de mayo, los nuestros se encontraban, pues, en el palacio del rey. Las personalidades más importantes de la flotilla habían sido convidadas: los capitanes Serrano y Barbosa, el astrónomo San Martín, el piloto Carvalho, el maestro de armas Espinosa... Enrique también estaba, como intérprete.

Durante ese tiempo, yo dormitaba en mi litera, perdido en mis pensamientos. Había sido invitado a la ceremonia pero había tenido que renunciar a causa de la herida.

De repente, oí un ruido sordo contra el casco del *Trinidad*, una chalupa que atracaba. Reconocí la voz del maestro de armas. ¿Ya de vuelta?

Intrigado, me levanté y fui titubeante hasta la cubierta.

Espinosa y Carvalho estaban allí, entre un grupo de marineros y grumetes. Me acerqué.

—... extraño —contaba el maestro de armas—. Una maldita atmósfera, demasiado tensa para ser una fiesta...

—Lo que a mí me ha parecido extraño —reflexionó el piloto— es la manera en que el hermano del príncipe, ya lo conocéis, el salvado de milagro, ha pedido al padre Valderrama que lo siguiera a su choza. No sé por qué, parecía nervioso...

—¡Manteneos alerta para intervenir en caso de...!

En el momento en que Espinosa acababa esa frase, espantosos aullidos resonaron desde tierra.

—Pasa algo... ¡Levad el ancla! —ordenó Carvalho—. Izad las velas y preparad las bombardas.

La nao se acercó lo más posible a la costa.

Los gritos se redoblaron.

Ante la duda, disparamos varios tiros de advertencia, que impactaron sobre las cabañas.

Un hombre surgió entonces del palmeral. Corría por la playa como un desesperado, haciendo grandes señales.

—Es el capitán Serrano —gritaba yo.

Unos treinta indígenas bajaban también persiguiendo al capitán, agarrándolo, saltando sobre él, maniatándolo.

–¡Auxilio! ¡Ayudadme...!

Los indios gritaron algo en su lengua para que los oyéramos. Como Enrique no estaba allí para traducir, lo hice yo con algunas palabras que había aprendido.

–Un cañón. Creo que quieren un cañón. Exigen un cañón a cambio de Serrano...

Carvalho, que había tomado el mando de la nao, gritó a Serrano:

–¿Qué ha pasado? ¿Dónde están los demás?

–¡Una trampa! ¡Todos ejecutados! Salvo Enrique... ¡Un golpe preparado! ¡Salvadme! ¡Dadles lo que quieran!

No podía creérmelo. Para vengarse de Barbosa, Enrique había sugerido al rey de Cebú este golpe. Una venganza espantosa, diabólica, desproporcionada.

Pero aún podíamos salvar a Serrano...

–¿Qué les respondo? –le preguntaba a Carvalho.

–Diles que ya está bien con el cañón.

Yo les gritaba a los indígenas que tendrían su rescate. Discutieron entre ellos y después gritaron nuevas cosas en su lengua.

–¿Qué es lo que dicen? –exclamó con inquieud Carvalho.

–Tres cañones. Ahora quieren tres. Y se los hemos de llevar en una chalupa.

–Otra trampa –masculló el piloto entre dientes–. Quieren capturarnos... ¡Marineros, izad las velas!

Los aprendices escalaron los mástiles y desenrollaron las velas. Al vernos, el *Victoria* y el *Concepción* hicieron lo mismo.

–Pero nosotros no podemos... –me quejé.

–Es una trampa –aseguró Carvalho–. ¡Debemos partir lo más rápido posible!

–¿...y Serrano?

Maniatado en la playa, el español vio las velas desplegadas y comprendió lo que ocurría.

–¡No me abandonéis! ¡Por amor del Cielo, no os vayáis! ¡Me matarán!

Pero las tres naves, desplegadas las velas, se alejaban del puerto, lenta, inexorablemente.

–¡Carvalho! ¿Me oyes, Carvalho? ¡Me matarán! ¡Pero tú lo pagarás, te juro que lo pagarás! ¡En el día del juicio final rendirás cuentas a Dios! ¡Lo pagarás, Carvalho!

El pobre hombre se debatía en medio de los indios, lloraba, gritaba de desesperación.

El horror me mantenía rígido.

No sé qué le pasó después, pero siempre me acordaré del fiel Serrano, prisionero en la playa y sollozando cuando nosotros partíamos.

Hay imágenes que no se olvidan.

* * *

Entre la batalla con Lapu Lapu y el golpe tramado, la espantosa escala en Cebú había costado la vida a más de treinta y cinco de los nuestros. Entre ellos, los más competentes y los más importantes de la flotilla: el capitán general Fernando de Magallanes, los capitanes Duarte Barbosa y Juan Serrano, el astrónomo Andrés de San Martín, el padre Valderrama, y también dos dedicados a las letras, un encargado de las reservas, un tonelero, numerosos marineros... Sin olvidar a Enrique, que había desertado. De los casi doscientos cincuenta hombres que habíamos partido de Sevilla con cinco navíos no quedábamos más que ciento quince, insuficientes para hacer funcionar las tres naves que nos quedaban.

Al día siguiente de nuestra huida de Cebú, hicimos escala en una isla vecina llamada Bohol. Durante toda la jornada pasamos el contenido de la bodega del *Concepción*, cuyo casco estaba carcomido por los gusanos, al *Trinidad* y al *Victoria*. Lo mismo hicimos con sus velas, sus instrumentos de navegación, sus armas y sus mapas. Su tripulación fue repartida entre las otras dos naves.

Rojizas llamas iluminaron la noche, reflejándose en el agua negra. Crepitaban y silbaban, desprendiendo un áspero humo que, cuando el viento giraba, nos llenaba los pulmones.

Durante largas horas miramos, hipnotizados, cómo el *Concepción* se consumía y después desaparecía entre las olas, como un precio que pagábamos por nuestros pecados y nuestros errores pasados.

Capítulo doce

Perdidos en las islas
¡Las especias, por fin!
Un solo navío

*V*iernes, *3 de mayo de 1521. Ha tenido lugar una votación para designar a los nuevos capitanes. El maestro de armas Espinosa será el del* Victoria. *El piloto Carvalho, el del* Trinidad. *Éste se convierte también en capitán general de la flotilla.*

Yo levantaba la pluma, nervioso.

El porvenir se presentaba incierto. Espinosa era un hombre de bien, pero no era marino. ¿Sabría dirigir el navío? Carvalho era marino, pero incapaz de dar buen ejemplo. En la escala de Brasil, había hecho subir a mujeres a bordo a escondidas, lo que estaba prohibido. Y había un tercer hombre, el ambicioso contramaestre, Elcano, que había intentado tomar el poder en el gran motín y en cada una de las elecciones.

Entre todos estos lobos, mi situación se hacía delicada.

Siempre había formado parte del círculo de los fieles a Magallanes, con su primo Mesquita, su cuñado Barbosa y el esclavo Enrique. Siempre había estado bajo la protección del jefe de la manada.

De ahora en adelante, yo estaba solo, aislado, y era vulnerable.

Para sobrevivir, debía convertirme en indispensable. Pero ¿cómo? No era ni piloto, ni marino, ni buen guerrero; no sabía hacer nada.

Sentado en mi litera, hojeaba maquinalmente mi cuaderno de a bordo y me detenía sobre una de las últimas páginas. A diferencia de las demás, no contenía ninguna línea de texto, sólo dos columnas:

El clavo: *chiande.*

La canela: *maná.*

El jengibre: *luiá.*

La pimienta: *malissá.*

Ciento cincuenta palabras indígenas acompañadas de su traducción.

De repente me di cuenta de que mi salvación estaba allí, bajo mis ojos. Yo no era buen guerrero, ni marinero, ni piloto, pero era el único que había hecho el esfuerzo de aprender aquellas palabras. Evadido Enrique, los jefes de la expedición necesitarían un nuevo traductor para comerciar, cuando llegáramos a las islas de las Especias.

La fuerza de las palabras.

Desde la salida, mi viaje parecía estar bajo este signo.

Gracias a ellas, Magallanes me había reclutado para la expedición: yo debía escribir el relato del viaje. Gracias a ellas, me había podido comunicar también con el gran patagón, y mi joven amigo Juan no se había arrojado al agua una noche de desesperación.

Una vez más, venían en mi ayuda.

Un día –creo que fue en el lúgubre puerto San Julián–, me había preguntado sobre lo que me hacía avanzar, lo que hinchaba las velas de mi embarcación. Acababa de descubrirlo: el soplo mágico y poderoso de las palabras.

Metí mi pluma en el tintero y, apaciguado, retomé mi relato.

* * *

Emprendimos de nuevo la búsqueda de las islas de las Especias, zigzagueando entre el laberinto de islas, sin ningún mapa que nos indicara ni el camino ni los escollos, evitando los encuentros con los indígenas. Cuando empezaron a faltar los víveres, decidimos hacer escala en una gran isla llamada Mindanao, cuyo rey local nos acogió amigablemente y me pidió a mí, el único que hablaba su lengua, que me quedara en su palacio. A pesar de mis temores, fui, degusté deliciosos pescados y pasé una excelente noche. Por la mañana, de regreso al *Trinidad*, vi algo que me heló la sangre: tres hombres colgados de un árbol. «Malhechores», me dijo el rey. Seguimos errantes entre las islas, sin saber qué dirección tomar, con las bodegas y los estómagos cada día un poco más vacíos, hasta que, por suerte, vimos una isla y pudimos avituallarnos. Al abandonarla, como desesperábamos de conseguir nuestro objetivo, abordamos un navío llamado prao y, simulando intenciones pacíficas, capturamos a sus tres pilotos para que nos indicaran la ruta. Nos guiaron hacia el suroeste a través de peligrosos arrecifes de coral, hasta una tierra inmensa llamada Borneo. No era una de las islas de las Especias, pero hicimos escala allí, atracando en la ciudad más rica visitada hasta entonces, Brunei. Espinosa, Elcano y varios de los nuestros llegamos a lomos de elefante hasta el palacio real, completamente adornado de sedas, oro y porcelanas, y ofrecimos al rajá una pieza de ropa de terciopelo verde turquesa, un trono de terciopelo violeta, un vaso dorado y un escritorio de oro. Nos indicaron que no le habláramos a él directamente sino que diéramos nuestros mensajes a un sirviente, que los transmitiría a un funcionario, que se los diría al hermano del rajá, que los susurraría a través de una cerbatana a otro servidor que se los haría llegar al rajá. Antes de abandonar Brunei, el capitán general Carvalho, que había capturado a tres mujeres y las tenía en su camarote para su uso personal, fue relevado de sus funciones por el maestro de armas Espinosa y por Elcano. No protestó. En su lugar, Espinosa se convirtió en el nuevo capitán del *Trinidad* y el ambicioso Elcano obtuvo, por fin, lo que tanto deseaba, el mando del *Victoria*. Íbamos a continuar nuestra búsqueda de las islas de las Especias cuando, al salir del puerto de Brunei, el *Trinidad* encalló sobre un banco de arena y quedó retenido durante cuatro horas hasta que la pleamar lo liberó. Pero su casco estaba dañado. Le entraba agua y tuvimos que atracar en una isla solitaria para arreglarlo. Acabadas las reparaciones, pusimos rumbo hacia el este y volvimos a la gran isla de Mindanao por donde ya habíamos pasado. Completamente perdidos, capturamos un prao, matando a siete de sus ocupantes y reteniendo a uno que decía ser hermano del rey y que aseguraba conocer la ruta de las Molucas. Siguiendo sus consejos, navegamos hacia el sur, pasamos numerosas islas y, para mayor seguridad, capturamos a dos pilotos más de otro prao, pero uno de ellos logró huir a nado acompañado por el hermano del rey. Continuamos con el único piloto que nos quedaba. Dejamos a un lado las islas llamadas, Cheama, Carachita, Para, Zzangaluza, Ciau, Paghinzara y Talot, y un día que teníamos cuatro islas a babor el piloto nos anunció que eran las Molucas, destino de nuestro viaje.

Nuestro largo recorrido errante entre las islas se acababa; habían pasado seis meses desde que salimos de Cebú.

* * *

En la cubierta del *Trinidad* los marineros maniobraban, cantando alegres. Mi amigo Juan el–muy–desdentado sonreía a las gaviotas.

¡Helas ahí, por fin, las tan esperadas islas!

Ternate... Tidore... Motir... Maquián...

Yo las contemplaba abrazado al palo mayor.

Me las había imaginado más grandes.

Todas tenían menos de dos leguas de anchura. Las dos primeras, las situadas más al norte, estaban dominadas por un impresionante volcán cónico, de más de cuatro mil pies de altura. Parecían macizas, sólidamente ancladas en el mar y tan altas que sus cimas tocaban las nubes. Pero lo más excitante eran sus selvas de sombríos arbustos que se deslizaban por sus abruptas pendientes; eran claveros, nuestra futura fortuna.

Me hubiera gustado que Magallanes hubiera estado a nuestro lado para admirarlos. Él, que había concebido y dirigido el viaje, habría merecido llegar al final. Lo echaba de menos.

* * *

Ayer, viernes 8 de noviembre, después de veinticinco meses de navegación desde España, entramos en el puerto de la isla llamada Tidore y disparamos toda nuestra artillería. Hoy el rey ha venido en prao y ha dado la vuelta a las naves. Es un hombre de unos cincuenta años que iba vestido con una camisa blanca con mangas bordadas de oro y se mantenía bajo un toldo de seda que le daba sombra. Ante él, su hijo, que llevaba el cetro real, y dos

hombres con vasijas de oro llenas de agua para lavarle las manos.

Lo hemos invitado a bordo del Trinidad *donde todos le hemos besado la mano. Le hemos hecho sentarse en un trono de terciopelo rojo y revestirse de un manto amarillo. Para honrarle más, nosotros nos hemos sentado en el suelo a su alrededor.*

Nos ha dicho que se llamaba Almanzor y nos ha dado la bienvenida. Después nos ha contado que, gracias a la astrología, siempre ha sabido que unos navíos vendrían de un lejano y extraño país. Nos ha dicho que él y su pueblo querían ser fieles vasallos de nuestro rey Carlos, que dentro de poco su isla no se llamaría Tidore sino Castilla, y que deseaba que fuéramos a tierra donde seríamos acogidos como hijos suyos.

* * *

El rey Almanzor mostraba tanta deferencia, tanta insistencia, que casi nos sentimos mal. Nos venían a la mente terribles imágenes: otra invitación, un banquete, gritos, una masacre.

¿Qué buscaba el soberano?

Receloso, el maestro de armas Espinosa le hizo muchas preguntas y pronto comprendimos mejor lo que estaba tramando; parece que desde siempre estaba en pie de guerra con el rey de Ternate, la isla de las Especias vecina. Convirtiéndonos en sus aliados, esperaba lograr una ventaja decisiva sobre su enemigo.

Me vinieron otros recuerdos: una playa al amanecer, indígenas saliendo de la jungla, una lluvia de flechas, Magallanes abatido en el suelo.

Jamás es bueno intervenir en el conflicto de los demás.

–¿Le puedes preguntar si conoce a Francisco Serrão? –me dijo Espinosa– Magallanes me hablaba a menudo de su amigo de infancia, su hermano de armas que se había instalado en las Molucas. ¿Está allí?

Traduje la pregunta al rey, que me sonrió y pareció buscar de inmediato las palabras.

–Sí, estaba aquí, pero en Ternate... Y como el rey de esa isla es mi enemigo, sé poco de vuestro amigo... sólo que murió hace seis lunas.

–¿Muerto? ... ¿De qué ha muerto?

–No lo sé... El rey de Ternate es mi enemigo, ignoro lo que pasa en esa isla.

Traduje todo al español para mis compañeros y después añadí una opinión personal:

–Nos oculta cosas...

* * *

Martes, 12 de noviembre. El rey Almanzor ha hecho construir en la ciudad una casa donde hemos puesto casi toda nuestra mercancía. Tres de nosotros la custodian per-

manentemente. *El comercio ha comenzado: por 10 brazas de tela roja bastante buena, nos dan 1 bahar[10] de clavo, lo que vale 400 libras. Por 15 brazas de tela menos buena, 1 bahar. Por 150 cuchillos, 1 bahar. Por 50 tijeras, 1 bahar. Por 40 gorros, 1 bahar. Todos nuestros espejos están hechos añicos, pero el rey ha querido quedarse los pequeños trocitos.*

Como tenemos prisa por volver a España, vendemos nuestras mercancías a más bajo precio del que deberíamos.

He ido a ver cómo nace el clavo.

El árbol tiene la altura de un hombre. Sus ramas se extienden a lo ancho y en lo alto forman una cúspide. Su hoja se parece a la del laurel. La madera, la corteza y las hojas huelen tanto como el mismo clavo. Los frutos, en grupos de diez o veinte, aparecen en la punta de las ramas. Nacen blancos, mueren rojos y, al secarse, se vuelven negros. Se recogen dos veces al año, por Navidad y por San Juan. Los años calurosos, se recolectan de 300 a 400 bahares en cada isla. El clavo sólo crece en las montañas. Cada día, una nube desciende y rodea la montaña; ésa es la razón de la perfección del clavo.

El rey Almanzor nos ha dicho que no tenía en su isla suficientes sacos de clavo para cargar dos naves. Por tanto irá a la isla vecina a aprovisionarse.

* * *

10. 1 braza equivale a 1,83 m. 1 bahar pesa unos 200 kg.

La tarde del jueves, se acercó a las naos un prao que llevaba a bordo a varios indígenas y a un hombre diferente, más mayor y más pálido que los demás, barbudo y de cabellos claros.

–¿Puedo subir? –dijo en portugués, completamente excitado.

Encontrar a un europeo en la otra punta del mundo era extraño.

–¿Quién sois? –preguntó el maestro de armas, llevando la mano al puñal.

–Me llamo Pedro Alfonso de Lorosa. Soy portugués y vivo en Ternate. El rey me ha autorizado a hablaros, aunque estéis en Tidore y yo sea de Ternate.

Nos sonrió. No parecía peligroso, sólo muy excitado.

–¡Subid! –ordenó el maestro de armas.

–¡Oh, se me hace extraño oír hablar español! Desde el tiempo de... ¿Pero de dónde venís? ¿Por cuenta de quién navegáis?

El maestro de armas le contó nuestra historia. Le habló de la flotilla de cinco naos financiada por Carlos V, que había salido de España dos años antes bajo el mando de Fernando de Magallanes, y después le habló de la pérdida de tres naves y del capitán general.

–¿Magallanes...? ¿Magallanes, decís? Francisco me había hablado a menudo de él. Un hermano de armas, decía siempre.

–¿Habéis llegado aquí con Francisco Serrão?

—Sí, hace diez años. Portugal envió una flotilla de tres naves hacia las islas de las Especias. Francisco era el capitán y yo, miembro de la tripulación. Cuando las naos partieron cargadas de especias, Francisco y yo nos quedamos aquí.

—¿Eso significa que Portugal comercia ya con las Molucas? –preguntó extrañado Espinosa.

—Sí, pero pasando por las Indias, no por América. Y para que vuestro rey no caiga en la tentación de venir aquí, el nuestro ha mantenido el secreto.

Espinosa, Elcano y los demás nos miramos atónitos. Así que los portugueses se dedicaban a escondidas al comercio de las especias desde hacía ya diez años... Al momento comprendí por qué el rey de Portugal había rechazado a Magallanes cuando éste le ofreció sus servicios: no lo necesitaba porque ya conocía la ruta de las Molucas.

—Hay otra cosa que ignoráis tal vez –añadió Lorosa–. Yo lo descubrí hace un año, cuando una carabela portuguesa llegó desde Malaca. Al pedirle a su capitán noticias sobre el país, me respondió que cinco naves habían salido de Sevilla para descubrir las Molucas en nombre del rey de España. Para impedírselo, el rey de Portugal había enviado varias flotillas a seguirlas... A pisaros los talones...

¡A pisarnos los talones! Estaba estupefacto. ¡Unos navíos nos habían perseguido! No contentos con haber escapado de las tempestades, la enfermedad, los motines y los indios, también habíamos escapado sin saberlo de los cañones portugueses... Me preguntaba qué hubiera hecho Magallanes si lo hubiera sabido. Sin duda hubiera tomado otra ruta. Pero... ¡había tomado otra ruta! Para atravesar el Atlántico habíamos pasado mucho más al sur de lo previsto. ¿Sabía que nos perseguían? ¿Cómo lo había sabido? ¡La segunda misiva! En la escala de Canarias, había recibido dos cartas de su suegro Diogo Barbosa. Éste, bien informado, había intuido los planes del rey de Portugal y había avisado a su yerno por escrito. ¡Todo quedaba explicado! Y pensar que la tripulación había tomado entonces a Magallanes por traidor...

–...y os buscan continuamente. Me han dicho que hace quince días llegó una carabela a la vecina isla de Bacán para cargar clavo y saber novedades sobre vosotros, y volvió a partir...

El maestro de armas llevó de nuevo la mano al puñal con gesto espontáneo. Los portugueses estaban allí, quizás no muy lejos, y querían nuestra piel...

–¿Y por qué nos contáis todo eso? –preguntó Elcano–. Somos españoles y vos portugués. ¿Por qué nos reveláis esos secretos?

–Tengo un ruego que haceros...

Y echó una ojeada a izquierda y derecha como si estuviera al acecho.

–Llevadme con vosotros –murmuró–. No quiero quedarme aquí...

–¿Qué pasa?

–¿Os han contado cómo murió Francisco?

–No. El rey Almanzor no nos ha dicho nada...

–Naturalmente, él no tiene nada que decir... Soy yo quien quiero contarlo. Cuando llegamos a Ternate, hace diez años, Francisco se puso al servicio del rey local. Llegó a ser su consejero militar. Tenía talento para eso. Gracias a él, Ternate ganó todas las batallas entre Ternate y Tidore. Francisco exigió entonces al rey Almanzor que, si quería la paz, entregase a su hija en matrimonio al rey de Ternate. Firmada la paz, Francisco vino aquí, a Tidore, para comprar clavo y Almanzor aprovechó para envenenarlo.

Se calló y miró furtivamente a derecha e izquierda.

–No quiero quedarme aquí... Estoy cansado. Quiero marcharme lo antes posible. ¿Puedo ir con vosotros?

* * *

Martes, 27 de noviembre.

Lorosa partirá con nosotros. Se ha quedado en el Trinidad *por su seguridad.*

Comenzamos a cargar los sacos de especias. El rey nos ha dicho que, mientras se colocan en las naves los primeros sacos de clavo, es costumbre invitar a la tripulación a un banquete y rogar a Alá que lleve los navíos a buen puerto.

Se nota nerviosismo a bordo del Trinidad *y del* Victoria. *Algunos de los nuestros han sorprendido a unos indios hablando entre ellos en voz baja. ¿Una nueva emboscada?*

Desde que sabemos lo que le ocurrió a Serrão, miramos a Almanzor con otros ojos.

Algunos piensan que hay que aceptar la invitación pues el rey nos ayuda a conseguir clavo. Otros, entre los que me cuento, piensan que hay que ser prudentes.

Finalmente, hemos anunciado que partiríamos pronto, pero que antes deseamos invitarlo a bordo a celebrar un banquete.

Como respuesta, el rey ha llegado y ha dicho que venía a nuestras naves con tanta confianza como a sus propias casas, pero que se extrañaba de que marcháramos tan pronto pues todavía se precisan treinta días para cargar los navíos, y que no quería hacernos mal sino sólo proporcionarnos clavo, y que ésta no era una buena estación para navegar, y que, si partíamos ahora, ¿qué pensarían sus enemigos de Ternate? ¿Que la alianza entre España y Tidore no era seria?

Dicho esto, ha hecho traer su corona y, besándola y después poniéndosela en la cabeza cuatro veces seguidas, ha jurado por Alá que quería ser siempre el más leal amigo del rey de España. Casi lloraba.

Al ver todo esto, le hemos prometido quedarnos quince días más de lo previsto.

* * *

Permanecimos en guardia hasta el momento de la partida. La mañana del miércoles 18 de diciembre de 1521, cuando los sacos de especias, los barriles de agua fresca, las cajas de alimentos y la leña estuvieron colocados en el fondo de la bodega, comenzamos a descansar.

Estábamos todos a bordo sanos y salvos.

–*¡O dio...*

–*...ayuta noy!*

Los aprendices escalaron los mástiles y desplegaron la vela nueva que Magallanes había guardado previsoramente para el viaje de regreso. Una gran cruz de Santiago apareció entonces, pintada en la vela, con estas palabras: «Éste es el signo de nuestro triunfo».

Me hubiera gustado que él hubiera estado allí para verla flotando al viento.

–*¡O que sorno...*

–*...servi soy!*

El *Victoria* ya había izado las velas y nos esperaba a la salida del puerto. Los marineros del *Trinidad* levaban el ancla a coro. Yo miraba hacia la isla, hacia la playa, donde el rey Almanzor asistía a nuestra partida.

Lanzamos una última salva de artillería como despedida.

Pero, de pronto, en medio de la excitación, resonó un grito:

–Los amarres se enmarañaron. ¡Es imposible levar el ancla!

Espinosa llegó al instante, pero apenas había tenido tiempo de comprender el problema, cuando el grumete Juan saltó del entrepuente.

—¡Hay agua en la bodega!

—¡Achicadla! –se exasperaba Espinosa.

—Es lo que estamos haciendo, pero no sirve de nada.

Juan bajó al casco, seguido por Espinosa.

El barco comenzaba a inclinarse ligeramente.

El *Victoria* se acercó hacia nosotros.

—¿Qué pasa? –aulló Elcano desde la cubierta de su nao.

—¡Una avería! –respondió Espinosa que había vuelto de la bodega–. Una vía de agua. No llego a ver dónde está.

Sin duda eran las consecuencias del choque del *Trinidad* en aquel escollo de Borneo, de una reparación mal hecha y de una carga excesiva... Pero no era hora de explicaciones.

—¡Haced una cadena! –ordenó Espinosa– ¡Pasaremos los sacos de clavo al *Victoria*!

Había que aligerar al máximo el *Trinidad* para intentar salvarlo; y salvar nuestra valiosa carga en el caso de que, a pesar de todo, se hundiera.

—¡Pero qué desgracia! Tan cerca del final...

El rey Almanzor vino en nuestra ayuda y ordenó a cinco de los suyos que se sumergieran bajo la nave para buscar la brecha; fue en vano.

Los sacos pasaban de una mano a otra, de un barco a otro. Aligerado de peso, el *Trinidad* se enderezó y se salvó. Pero había que vaciarlo completamente, encontrar la vía de agua, taponarla, y luego cargarlo: un trabajo de varias semanas.

Sobre la vela mayor, exactamente debajo de la cruz de Santiago, una inscripción se mofaba de nosotros: «Éste es el signo de nuestro triunfo».

* * *

Poco después de esta catástrofe, tomé la decisión más importante de todo el viaje y quizás de toda mi vida.

Esa misma noche nos reunimos para acordar cómo seguíamos la expedición. Decidimos que, para aprovechar los vientos favorables, el *Victoria* partiría lo antes posible hacia España, bordeando la India y África por el sur. Durante ese tiempo, el *Trinidad* sería reparado y, una vez puesto a punto, volvería al país por América, como a la ida.

Al día siguiente y al otro, los marineros cargaron el *Victoria* con tantos sacos de clavo que, al ver que la nave se hundía peligrosamente en el agua, retiraron sesenta quintales. Algunos se negaron a embarcar: «Demasiado peso, demasiado riesgo», afirmaron. Querían partir en el *Trinidad*.

A fin de contentar a todos, Elcano nos preguntó que si algunos de los que íbamos en el *Trinidad* queríamos cambiar. Yo dudé largamente. Por un lado, no me gustaba Elcano, el antiguo amotinado que había llegado a capitán. Pero por otra, quería volver lo antes posible.

Toda la noche me planteé esta terrible pregunta sin respuesta: ¿cuál de las dos naves tenía más posibilidades de llegar a buen puerto?

Al día siguiente ya había escogido.

Embalé cuidadosamente mis cuadernos, mis plumas, mi ropa y, con el corazón encogido, dejé a mis amigos del *Trinidad* y me fui al *Victoria*.

Capítulo trece

Carruthers

El espantoso regreso
Elogio de Magallanes
La última misión del caballero Pigafetta

Al salir de las islas de las Especias, en diciembre de 1521, éramos unos cincuenta hombres, felices de regresar a casa. Cierto que aún nos quedaba medio mundo por atravesar, pero esa mitad nos era conocida. Otros europeos la habían recorrido antes que nosotros y habían consignado tierras y mares en los mapas.

Después de Tidore, pasamos por innumerables islas –Cayuán, Laigoma, Sico, Caphi, Labuán, Giaialolo, Zzolot, Galiau, Timor...–, después vimos cada vez menos, y por fin ninguna. Nos encontramos en medio de un mar infinito y vacío, en ruta hacia el suroeste, hacia la punta austral de África.

Entonces comenzó nuestro último calvario.

Durante la segunda semana en alta mar, un olor a muerte invadió la nave. Venía de las barricas en las que habíamos colocado la carne de buey, de cabra y de cerdo que habíamos cargado en las islas. Como no teníamos sal para conservarla, se convirtió en hedionda carroña. La tiramos al mar.

Desde entonces no tuvimos más que agua y arroz para comer.

El arroz iba menguando.

Habíamos podido avituallarnos en uno de los puertos cuya situación conocíamos, pero habíamos entrado en la mitad del mundo que pertenecía a Portugal. En cada puerto nos arriesgábamos a encontrarnos con carabelas portuguesas, a ser atacados, capturados y encarcelados.

Por tanto, navegábamos lo más lejos posible de las costas.

Después de cuatro meses en el mar, volvió a aparecer la escasez.

A veces, muerto de hambre, me sorprendía escrutando el horizonte en busca de una nao amiga: viejo reflejo. Pero ni rastro del *Trinidad*, ni del *Concepción*, ni del *San Antonio* que pudieran ayudarnos. Estábamos solos en el mundo.

¿Quién sería el primero en ver sangrar sus encías?

¿Y en ver caer sus dientes?

Cuando llegamos al extremo sur de África, tres marineros salieron al encuentro del capitán Elcano:

—¡Jamás llegaremos a España! Si nos detenemos en el puerto de Mozambique y nos entregamos a los portugueses, podremos salvar nuestras vidas...

Elcano se irguió y respondió secamente:

–¡Antes perder mi vida que mi honor!

Y volvió a su camarote.

Por un instante había creído ver a Magallanes: eran sus mismas palabras, su manera de hablar. ¡Y pensar que un día Elcano se había rebelado contra la severidad del capitán general! El joven lobo, convertido en jefe de la manada, empleaba los métodos del viejo lobo...

Me dirigí a mi camarote y no pude resistirme a escribir en mi cuaderno a propósito de Magallanes:

Abrigo la esperanza de que la fama de tan noble capitán no se extinga ni caiga en el olvido. Pues, entre otras virtudes, él era más valeroso que nadie ante la adversidad. Soportaba mejor el hambre y era el más experto del mundo en el arte de la mar. Y queda bien patente que su verdad era la válida, pues ninguna otra persona ha tenido el talento ni la audacia de dar la vuelta al mundo, como él lo hizo.

Releo la frase y añado la palabra «casi»: como *él* casi *lo hizo.*

Pero este homenaje no era suficiente. Yo sabía que si llegábamos a España, Elcano debería dar explicaciones sobre el motín. Para defenderse, seguro que contaría una versión de los hechos favorable a él donde Magallanes sería presentado como un capitán cruel, injusto, incompetente.

Yo debía luchar contra eso.

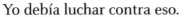

Debía imponer mi propia versión de la aventura.

Se lo había prometido a Magallanes antes de nuestra partida.

Cuando franqueamos el cabo de Buena Esperanza para subir hacia Europa, yo me sumergía en mis viejos cuadernos: las tempestades, el Atlántico, el estrecho, el Pacífico, las islas, todo estaba allí, dos años de viaje día por día. ¡Expresaba demasiadas dudas, demasiadas impresiones personales! No debía dejar nada que pudiera perjudicar a Magallanes.

Con el estómago vacío, dolorido, tomé un nuevo cuaderno y comencé a escribirlo todo otra vez, suavizando un poco el carácter del capitán general, suprimiendo las orgías del Brasil, silenciando mis viejos interrogantes.

Escribía, escribía, escribía.

A veces iba a cubierta a tomar aire para renovar las ideas. Pero las piernas infladas de ciertos marineros, sus supurantes úlceras y sus bocas sanguinolentas me recordaban que no tenía tiempo que perder.

Volvía a mi tarea.

En el momento del encuentro con los patagones, el sufrimiento por acabar con tanta fatiga y los dolores de cabeza me hacían ir más lento.

El 17 de mayo del año 1522, seis meses después de salir de las Molucas, el aprendiz Juanico sucumbió a la enfermedad. Al día siguiente, falleció a su vez el aprendiz

Cristóbal Mauri, seguido por el marinero Juan de Ortega y otros cinco hombres más.

Los supervivientes buscábamos en nuestras vidas algo a que agarrarnos, un proyecto, un recuerdo.

Para algunos, era la venidera fortuna, su parte de especias, si llegaban a buen puerto. Para Elcano eran los honores que le corresponderían por ser el primer capitán que había dado la vuelta al mundo. Para Juan el–muy–desdentado, quien como yo –quizás por mi causa– había pasado del *Trinidad* al *Victoria*, era la dulzura soñada de las mujeres. El muchacho se había hecho un hombre.

Para mí, era la memoria de Magallanes.

¿Pero sería eso suficiente?

Veintidós compañeros murieron en menos de un mes. No éramos más que treinta y uno a bordo y, a ese ritmo, nadie llegaría vivo a España.

Elcano no tuvo otra opción que ordenar una escala en Cabo Verde, islas portuguesas en África. Íbamos a intentar comprar astutamente alimentos. Una chalupa fue enviada a tierra con la orden de contar que éramos españoles que veníamos de las Américas, pero que una tempestad nos había separado del resto de nuestra flotilla.

Tras dos horas de espera, la chalupa regresó cargada de víveres y agua fresca. Devoramos una parte y volvimos a enviar la barca a buscar más.

Dos horas más tarde, volvió con más alimentos y una curiosa noticia: en tierra, los portugueses decían que era jueves 10 de julio de 1522. Ahora bien, según el diario que estaba seguro de haber llevado cada día, era el día anterior, el miércoles 9. ¿Había olvidado una fecha[11]?

Al día siguiente, la chalupa fue enviada por última vez a tierra, pero tardó en volver. ¿Qué pasaba?

Elcano ordenó levar anclas y acercarse al puerto, cuando un barco portugués salió a nuestro encuentro ordenándonos que nos rindiéramos. Descargamos una andanada de artillería y enfilamos a toda prisa hacia alta mar.

Trece de los nuestros habían sido capturados.

No éramos más que dieciocho.

Dieciocho hombres agotados, hambrientos, lisiados, para dirigir una nao que necesitaba normalmente cincuenta; una nave también desgastada en la que entraba agua por todas partes y en la que había que accionar continuamente las bombas para no zozobrar. Éramos tan pocos que todos participábamos en las maniobras.

Cuando me quedaba un poco de tiempo y un poco de energía, volvía a escribir. Ya estaba en Cebú, en el bautizo de los indios, en la muerte del capitán general. Varias veces, al límite de mis fuerzas, tuve ganas de renunciar, pero no tenía derecho a hacerlo; por el honor de Magallanes debía terminar.

---

11. Los navegantes ignoraban que, al dar la vuelta al mundo hacia el oeste, se pierde un día. Más tarde, en *La vuelta al mundo en ochenta días*, Julio Verne hará que su protagonista Phíleas Fogg dé una vuelta al mundo hacia el este, haciendo que gane así un día.

Nueve meses después de nuestra partida de las islas de las Especias, una mañana, vimos tierra en el horizonte. Tres años antes, habíamos pasado por allí en el otro sentido: Portugal a babor, Marruecos a estribor, el Mediterráneo delante.

Sólo teníamos que aguantar unos días...

Algunos días para acabar mi historia, contar lo de las islas de las Especias, lo de Almanzor y el regreso. Estaba tan agotado que sólo escribí algunas palabras sobre dicho retorno, y sobre el hambre, la enfermedad y la muerte.

Algunas palabras más mientras esperaba la llegada.

* * *

El sábado 16 de septiembre de 1522, una carcomida nao entró en el puerto de Sanlúcar, en España, con las velas desgarradas y los cordajes podridos.

A bordo, dieciocho hombres esqueléticos, con la lengua hinchada y la mirada apagada, algunos de los cuales no tenían fuerzas para caminar ni para hablar; eran incapaces incluso de alegrarse.

Yo era uno de ellos.

Elcano pidió a un navío que nos remolcara por el río hasta Sevilla. Cuando contó al capitán del remolcador que volvíamos a Sanlúcar después de haber dado la vuelta al mundo, éste respondió que no recordaba habernos visto partir.

Es verdad que había sido tres años antes y que entonces éramos doscientos cincuenta hombres valientes sobre cinco naves.

El remolcador nos arrastró durante cuatro días por el Guadalquivir, permitiéndonos reponer fuerzas. A medida que nos aproximábamos a Sevilla, las orillas se cubrían de una multitud cada vez más densa. Nos costó darnos cuenta de que esos curiosos estaban allí por nosotros. El rumor de nuestro regreso había corrido y acudían a vernos.

Así pues, era verdad; si estaban allí, no era un sueño que llegábamos a nuestro punto de partida después de catorce mil cuatrocientas sesenta leguas alrededor del mundo.

En adelante nada más me podía ocurrir.

Sevilla, su puerto gris y sucio, sus casas blancas, su catedral.

Mis ojos habían visto cosas bellas, pero esta visión era la más maravillosa.

Cuando el *Victoria* se acercó al muelle, una multitud entusiasmada nos aclamó. Representantes del rey subieron a bordo, nos felicitaron y después descendieron a las bodegas acompañados por Elcano. Salieron con algunos puñados de clavo, lo examinaron, aspiraron su olor y uno de ellos declaró: «¡De primera calidad!».

Elcano les dio una misiva para el rey en la que decía que deseaba una audiencia para rendir cuentas de la expedición.

Un escalofrío me recorrió la espalda.

Al día siguiente, vestidos con nuestras andrajosas camisas y nuestros calzones desgarrados, descalzos y con un cirio en la mano, subimos lentamente por las sinuosas callejas en dirección al santuario de Santa María de la Victoria. ¡Curiosa impresión la de caminar de nuevo por tierra firme!

En el santuario, el capitán Elcano, el piloto Albo, el primer contramaestre Rodas, el barbero–médico Bustamante, el grumete desdentado Juan de Santandrés, otros doce y yo hicimos penitencia y rezamos, arrodillados, ante la estatua de la Virgen y el Niño.

Hecho esto, volvimos al *Victoria* y nos vestimos con la ropa nueva que nos habían traído. Nos felicitamos unos a otros y después cada uno se fue por su lado, cada uno volvió a su casa.

* * *

Yo, Antonio Pigafetta, caballero de Malta, de veintinueve años, tenía una última cosa que hacer antes de regresar a mi casa.

Dejé Sevilla para ir a Valladolid, donde me encontré con Carlos V, rey de España, poco después que Elcano. No le entregué oro ni especias, sino algo todavía más precioso, un libro escrito de mi puño y letra que contaba las exploraciones del capitán general Magallanes.

A continuación me fui de España a Portugal donde ofrecí al rey Juan otro ejemplar de dicho libro.

Después, atravesando España, llegué a la corte del rey de Francia donde hice donación a la señora regente, madre de Francisco I, de un tercer ejemplar del manuscrito en el que contaba las extraordinarias cosas que había visto alrededor del mundo.

Sólo más tarde, con el sentimiento de haber cumplido la promesa hecha a Magallanes, vine a Italia donde establecí mi residencia para siempre.

Epílogo

¿Qué ha sido de ellos?

En el centro histórico de la ciudad de Vicenza, en el norte de Italia, hay una bonita y pequeña vivienda ante la que se detienen los turistas curiosos y los amantes de los grandes descubrimientos.

Encajonada entre dos casas, tiene tres plantas. Su fachada de piedra, que data del Renacimiento, está adornada con retorcidas columnas, escudos de armas, jarrones de frutas y flores esculpidas, misteriosos pájaros y dragones alados. De un lado a otro de la pesada puerta de madera negra de bóveda románica, hay un lema en francés bajo dos ventanas cuadradas: «*Il n'est rose sans épine*[12]». A la derecha, una placa rinde homenaje a Antonio Pigafetta, magnífico caballero de los mares e intrépido compañero de Magallanes.

---

12. No hay rosa sin espinas.

Nuestro aventurero debió de instalarse allí.

Unas cartas atestiguan que, durante dos años, Pigafetta se reunió con dignatarios italianos e intentó publicar su manuscrito. Después, nada: los historiadores ignoran qué fue de él, hasta cuándo vivió y dónde fue enterrado. Las huellas del caballero Pigafetta se pierden en la Historia.

* * *

¿Y qué fue de los demás? ¿Los hombres del *San Antonio*, del *Trinidad*, los prisioneros de Cabo Verde?

El *San Antonio*, que había desaparecido misteriosamente a finales del 1520 cuando cruzamos el estrecho, reapareció seis meses más tarde en España. El astrólogo Andrés de San Martín lo había visto con precisión: Estêvão Gomes había capturado al capitán Mesquita, primo de Magallanes, y tomó el mando de la nao. A su llegada a Sevilla, el jefe de los amotinados fue largamente interrogado. Respaldado por el resto de la tripulación, contó que Magallanes se había negado a obedecer las consignas del rey de España y que Mesquita lo había atacado. Por más que éste se defendió y defendió a Magallanes, su testimonio tuvo poco peso y lo metieron en la cárcel.

Los hombres del *Trinidad* que se quedaron en Tidore para reparar su nave, intentaron llegar a Europa por América. Subieron hasta Japón, pero los vientos desfavorables, el hambre y el mal estado de la nave los obligaron a volver a Tidore. Carabelas portuguesas los esperaban. Fueron capturados y quedaron prisioneros muchos años. Sólo cuatro, entre ellos el valeroso maestro de armas Espinosa, volvieron a España.

En cuanto a los trece hombres retenidos en Cabo Verde, Carlos V consiguió liberarlos a todos.

* * *

Un mes después del regreso del *Victoria*, el rey de España recibió en su palacio a Juan Sebastián Elcano, acompañado por el piloto Albo y el barbero Bustamante.

Para justificar su participación en el gran motín, Elcano contó, como había contado Gomes antes que él, que Magallanes se había negado a seguir las reales órdenes. El antiguo rebelde se presentó tan bien como humilde servidor de Carlos V que obtuvo el perdón, una pensión anual y un título de nobleza. En su blasón se pueden ver especias, un navío, un globo terráqueo y esta leyenda: «Tú has sido el primero que me has dado la vuelta».

El rey estaba tan inclinado a perdonar porque el clavo aportado por el *Victoria* había rembolsado largamente los gastos provocados por toda la expedición; incluso produjo un pequeño beneficio.

Quedaba por zanjar una última cuestión: ¿A quién pertenecían las islas de las Especias? Españoles y portugueses se reunieron para decidirlo. Pero como era difícil calcular la distancia recorrida por Magallanes en el Pacífico, y por tanto el diámetro de la Tierra y, en consecuencia, la línea de demarcación en el otro lado del globo, los dos países no llegaron a un acuerdo y ambos reivindicaron para sí las preciosas islas.

Seguro de poseer allí unas inagotables riquezas, Carlos V envió una nueva expedición a las islas de las Especias en la que participó Elcano. Pero éste murió de escorbuto durante la travesía del Pacífico y la única de las siete naves que llegó a Tidore fue hundida allí por los portugueses.

El rey envió otra expedición, que también fracasó, y después otra más sin éxito. Preparó una última tentativa pero tuvo que renunciar a ella por falta de fondos.

En 1529 cedió las Molucas a los portugueses por una suma de trescientos cincuenta mil ducados.

Decepcionante epílogo de una gran ambición...

* * *

Carlos V no lloró la muerte de Magallanes.

Como había temido Antonio Pigafetta, las explicaciones dadas por los antiguos amotinados forjaron una imagen de Magallanes tan mala como falsa. Españoles y portugueses lo consideraron traidor un tiempo y las autoridades marítimas minimizaron las dimensiones de su odisea, las proezas llevadas a cabo y los sufrimientos padecidos.

El cruel destino no respetó a Magallanes ninguna de las últimas voluntades expresadas en su testamento. Había deseado ser enterrado en una iglesia católica, pero su cadáver fue abandonado en una playa al otro lado del mundo. Había deseado que sus hijos heredaran tierras descubiertas, pero no hubo nadie que reivindicara esa herencia: su hijo Rodrigo, su esposa Beatriz y su segundo hijo, nacido después de su partida murieron durante su viaje. Había deseado que se pusiera en libertad a Enrique y Barbosa se lo había negado.

Sin embargo, si la vida es un viaje, el de Magallanes no se detuvo definitivamente en la triste playa de Mactán, en el archipiélago de Filipinas, el 27 de abril de 1521.

El recuerdo del capitán general atravesó los siglos transportado por las palabras de Pigafetta y hoy nadie duda de su fidelidad al rey de España, de su valor ante la adversidad, de su carácter severo pero justo y de su habilidad para la navegación. El fracaso de las tres expediciones que siguieron no ha hecho más que dar más relieve a la de Magallanes. Al franquear el peligroso estrecho que hoy lleva su nombre y atravesar el océano Pacífico, ha realizado una proeza más grande que la de Cristóbal Colón.

En fin, Pigafetta, Elcano y otros trajeron del otro lado del mundo mucho más que simples sacos de clavo. Al hacer frente a las viejas creencias pobladas de cíclopes, de monstruos marinos y de mares en fusión, han hecho retroceder lo desconocido. Al descubrir nuevas tierras, nuevos pueblos y nuevos animales, han demostrado que, en muchos aspectos, el mundo real es aún más fabuloso que el imaginario.

Índice

«¿Hizo decapitar Magallanes al jefe de los amotinados? ¿Combatía Pigafetta junto a su capitán cuando éste cayó muerto? ¿Qué es verdad en *En la otra punta de la Tierra. La vuelta al mundo de Magallanes*?

Para saber cómo transcurrió en realidad ese viaje hay varias fuentes de información. En primer lugar, el testimonio directo de los que vivieron la aventura, como Antonio Pigafetta, Juan Sebastián Elcano o el piloto Francisco Albo. Estos relatos no concuerdan en todo, pero proporcionan información sobre las principales etapas de la expedición: las tempestades, las escalas, las batallas... Está, además, el minucioso trabajo de los historiadores. Buscando en los archivos, han reunido preciosas informaciones sobre la carga de los navíos, la vida a bordo de una nao en el siglo XVI o el carácter de Magallanes.

Todos esos documentos han sido útiles para escribir *En la otra punta de la Tierra.*

Pero no lo sabemos todo sobre la primera vuelta al mundo, ya que han pasado cinco siglos. Así, si bien es cierto que el grumete Juan de Santandrés existió y fue uno de los dieciocho supervivientes del *Victoria,* lo ignoramos todo sobre él. Su historia y su carácter sólo han sido imaginados. Lo mismo ocurre con el conjunto de los diálogos, los sufrimientos durante la travesía del Pacífico o incluso la manera como Pigafetta vivió el gran motín (al que no dedica más que media página de su diario).

Esta novela es, por lo tanto, una mezcla de hechos que ocurrieron realmente y otros que se hubieran podido producir».

Philippe Nessmann

Philippe Nessmann

Nació en 1967 y siempre ha tenido tres pasiones: las ciencias, la historia y la escritura. Tras lograr su diploma de ingeniero y hacer un máster en historia del arte, se ha lanzado al periodismo. Sus artículos en *Science et Vie Junior* cuentan tan bien los últimos descubrimientos científicos como las aventuras de los grandes exploradores. Actualmente está totalmente dedicado a la publicación de libros juveniles, pero siempre con las ciencias y la historia como telón de fondo. Para los más pequeños dirige la colección de libros de experiencias científicas «Kézako» (en Mango Jeunesse). Para los mayores, escribe relatos históricos.

François Roca

Nació en Lyon en 1971. Realizados sus estudios artísticos en París y Lyon, su pasión por la pintura le empuja en primer lugar a exponer retratos al óleo. En 1996, comienza a crear ilustraciones para jóvenes. François Roca ha ilustrado más de una veintena de obras y colabora asiduamente con la revista *Télérama*. Vive y trabaja en París.

La vuelta al mundo de Magallanes

La ruta de Magallanes

América del Norte

Océano Atlántico

Islas Cana

Isla
Cabo Ver

Ecuador

Océano Pacífico

América del Sur

Bahía de
Río de Janeir

Río de la Plata
Puerto San Julián

Estrecho de Magallanes

Hemisferio español

Océano Antártic

Líneas de partición del tratado de Tordesillas (1494)

lúcar

Europa

Sevilla

Asia

*Océano
Pacífico*

Asesinato
de Magallanes
(isla de Mactán)

Filipinas
(isla de Cebú)

África

*Océano
Índico*

Molucas

Australia

Cabo de Buena
Esperanza

Hemisferio portugués

¿Quiénes eran Magallanes y Pigafetta?

FERNANDO DE MAGALLANES nace en 1480 en el pueblecito de Sabrosa, en Portugal. Pertenece a la pequeña nobleza y llega a ser paje en la corte, donde aprende a escribir, música, danza, equitación, álgebra, astronomía y navegación. A los 25 años participa en una expedición de ocho años a la India y después, a los 33, en otra a Marruecos. De corta estatura, melancólico, valiente, leal, combate con valor y sobrevive a numerosas heridas. De vuelta a Portugal, con ayuda del astrónomo Ruy Faleiro, idea un proyecto de viaje hacia las islas de las Especias. En 1517 se lo propone al rey de Portugal, que lo rechaza, y después al rey de España, que lo acepta. Magallanes emprende la vuelta al mundo y muere el 27 de abril de 1521 al otro lado de la Tierra.

El diario de a bordo de **ANTONIO PIGAFETTA** es más conocido
que su autor. Nació hacia 1491 en Vicenza, Italia, en una familia
de antepasados ilustres, caballeros, viajeros y escritores. Pero
se ignora quiénes son sus padres y cómo fue su infancia. Sólo
hay algo cierto: en 1519 es el secretario de Francesco Chiericati,
representante del papa León X en España. Es allí donde se entera
del futuro viaje de Magallanes. El tono del diario denota un hombre
curioso, observador, dotado para las lenguas, fiel amigo y que no
se queja jamás. A su regreso, en 1522, recorre Europa, envía
el manuscrito a los reyes e intenta que los publiquen. Su pista
se pierde en 1524; se ignora qué le ocurrió después.

El descubrimiento del mundo
en algunos datos

Edad Media
Por miedo a lo desconocido y a los monstruos marinos,
los europeos sólo navegan por el Mediterráneo. Los árabes
dominan los océanos y el comercio de las especias.

1488
Bartolomé Dias alcanza el sur de África por cuenta de los
portugueses, gracias a un navío que le permite ganar barlovento:
la carabela.

1492
Cristóbal Colón descubre América por cuenta de los españoles.

7 de junio 1494
Portugueses y españoles se reparten el mundo en el tratado
de Tordesillas: la mitad este es para los primeros y la mitad oeste
para los segundos.

1519-1522
Primera vuelta al mundo iniciada por Magallanes, por cuenta
de los españoles.

SIGLO XVII
Después del dominio portugués y español, ingleses y holandeses
se apoderan del comercio de las especias.

Las naos

En el siglo XVI, los navíos representaban la más alta tecnología de la época. Los planos y los procesos de fabricación se mantenían secretos. De eso no queda nada y hoy sólo se puede imaginar el interior de las naos.

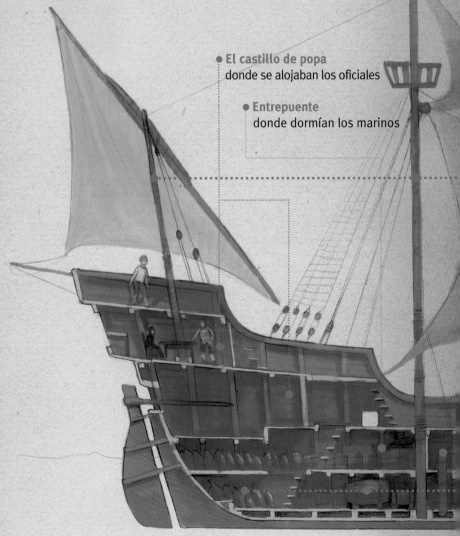

● **El castillo de popa**
donde se alojaban los oficiales

● **Entrepuente**
donde dormían los marinos

La arboladura con velas cuadradas delante
y una vela triangular atrás

Dimensiones estimadas
Longitud: 30 metros
Anchura: de 8 a 10 metros
Carga: 100 toneladas

Bomba para extraer agua del mar del fondo
de la bodega

Emplazamiento de las velas de recambio

Reservas de agua y alimentos

La tripulación

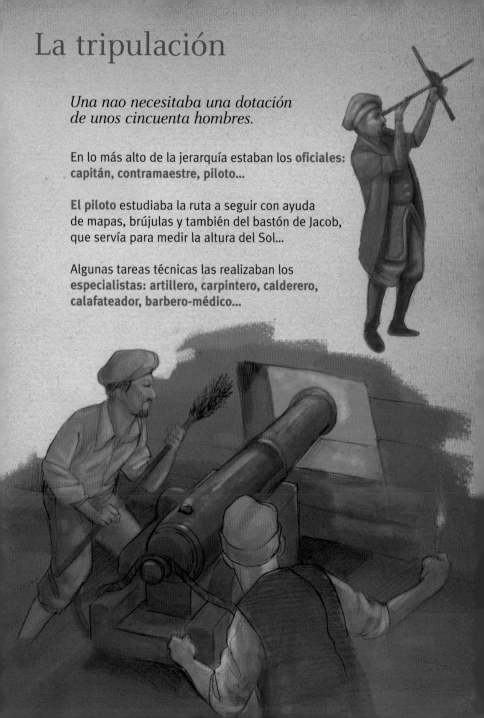

*Una nao necesitaba una dotación
de unos cincuenta hombres.*

En lo más alto de la jerarquía estaban los **oficiales:
capitán, contramaestre, piloto**...

El piloto estudiaba la ruta a seguir con ayuda
de mapas, brújulas y también del bastón de Jacob,
que servía para medir la altura del Sol...

Algunas tareas técnicas las realizaban los
**especialistas: artillero, carpintero, calderero,
calafateador, barbero-médico**...

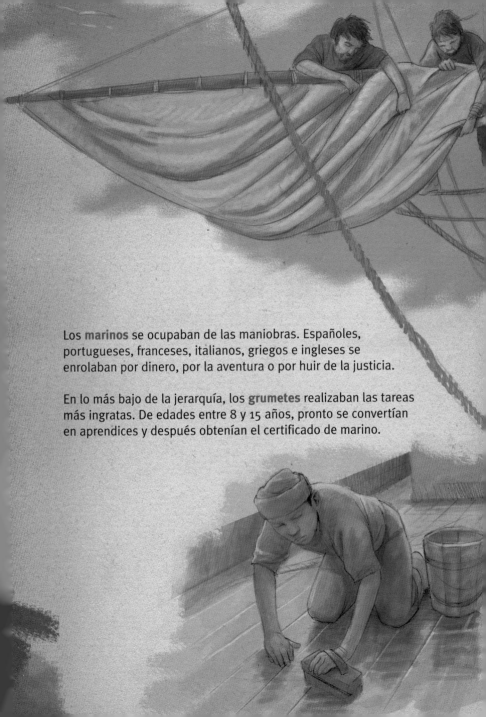

Los **marinos** se ocupaban de las maniobras. Españoles, portugueses, franceses, italianos, griegos e ingleses se enrolaban por dinero, por la aventura o por huir de la justicia.

En lo más bajo de la jerarquía, los **grumetes** realizaban las tareas más ingratas. De edades entre 8 y 15 años, pronto se convertían en aprendices y después obtenían el certificado de marino.

Las especias

Especias apreciadas
En la Edad Media, los europeos anhelaban poseer especias.
Raras y caras, eran consumidas por sus aromas y sus virtudes
medicinales. Se creía especialmente que facilitaban la digestión.

Una producción lejana
Cada especia se producía en un lugar. El clavo y la nuez moscada
(ver ilustración) venían de las islas Molucas, en Indonesia, las
famosas «islas de las Especias».
La pimienta, la canela y el cardamomo, del sur de la India.
El jengibre, de China y de la India.

Un comercio próspero
El comercio de las especias ha sido muy lucrativo durante mucho
tiempo. De cada cinco navíos que partían, con uno solo que
volviera cargado de especias bastaba para pagar todos los gastos.
Actualmente, la multiplicación de los lugares de producción
y los medios de transporte hacen que las especias sean
un producto corriente.

Los indígenas

Para los europeos, los indígenas eran
los habitantes de los países de ultramar.

El miedo
En cada escala, el encuentro con los indígenas era fuente
de curiosidad e inquietud por sus costumbres y sus alimentos
extraños, la desnudez y el canibalismo hipotético
o comprobado.

El comercio
El trueque permitía a los navegantes procurarse los víveres,
el agua y las especias. Por eso Magallanes había llevado
900 espejos, 20.000 campanillas, 400 docenas de cuchillos,
tijeras, peines, piezas de tisú...

La cristianización
Como todos los europeos de la época,
Magallanes era muy piadoso. Convertir
a los indígenas al cristianismo para salvar
sus almas era una misión tan importante
como traer las especias.

La muerte al final de viaje...

«Existen los vivos, los muertos y los que se hacen a la mar», dice un adagio. A bordo de las naves la muerte era omnipresente. Además de los accidentes (como los ahogamientos) y la muerte en combate (como la de Magallanes –ver ilustración), estaban las enfermedades. La promiscuidad y la falta de higiene facilitaban la transmisión de las fiebres como el tifus y la disentería.

Sin olvidar el terrible escorbuto, debido a una falta de vitamina C, que aparecía a los 68 días de no comer productos frescos y que se convertía en mortal después de los 100 días.

Del 30 al 70% de los marinos morían durante el viaje. En esa época, la vida de un hombre tenía menos valor que hoy en día...